牧文诗草

王春义 著

漓江出版社
·桂林·

图书在版编目（CIP）数据

牧文诗草 / 王春义著 . -- 桂林 : 漓江出版社，
2025. 1. -- ISBN 978-7-5801-0049-8
Ⅰ . I227
中国国家版本馆 CIP 数据核字第 2024GJ5335 号

牧文诗草

MUWEN SHICAO

王春义　著

出 版 人　梁　志
出版统筹　文龙玉
责任编辑　宗珊珊
书籍设计　汇文书联
责任监印　黄菲菲

出版发行　漓江出版社有限公司
社址　广西桂林市南环路 22 号
邮编　541002
发行电话　010-85891290　0773-2582200
邮购热线　0773-2582200
网址　www.lijiangbooks.com
微信公众号　lijiangpress

印制　武汉鑫佳捷印务有限公司
开本　880 mm × 1230 mm　1/32
印张　9
字数　166 千字
版次　2025 年 1 月第 1 版
印次　2025 年 1 月第 1 次印刷
书号　ISBN 978-7-5801-0049-8
定价　78.00 元

作者简介

王春义，笔名猎影牧文。1965 年生人。大学油画专业毕业。自由艺术家，从事摄影、诗歌创作多年。艺术理念：不苟合，不妄从。

究竟有谁在天使的阵营倾听，倘若我呼喚？

——赖内·马利亚·里尔克（1875—1926）《杜伊诺哀歌》

序

序一：何以为家

读春义兄的诗，我是落了泪的。

已近知天命的年龄，很多人、事慢慢地淡了，听书、画画、喝茶，整日里无所事事，却也新添了一个喜欢流泪的毛病，很多时候一不小心就泪流满面，内心也变得十分软弱，经不得一点事，目不敢视，耳不敢听，存活得犹如一捧空气，浑浊不堪而又通透如无。

生命是不能承受之重，同样也是不能承受之轻，无论是茫茫人海泛舟还是挑灯夜读诗书，都是一般的无助，浑浑噩噩不知所终。春花里感怀，秋雨里也是感怀，山水里感怀，云月里还是感怀。不是多愁善感，亦非心伤，只是一味地不畅，笑着哭。

春义兄的诗我是看得懂的，他也感怀，在过去，在当下，在明日，他是感怀在一个完整的时空里，一个他的也不是他的时空里。即使在梦里我想他也是要卧游千里之外的，见古见今见己。飘忽着的魂灵，倏忽间舍弃了俗世的肉身，随心所欲地往来古今，无谓哪时月明，何处烟雨。

读他的诗，要配唐宋的风月、元明的笔墨，在山水云雨间、在琴声曼语中、在青灯残茶里，落花、流水、秋雨、萧木，无尽的甘苦、无尽的哀叹、无尽的可怜，怜古今怜世人怜自己，一声叹息里尽了五味，知了轮回。

大江歌罢掉头东，日浮夜躁心无可安之时，能够有幸读到春义兄的诗文，是极幸运的，如寥寞的心际开了一束花，花香四溢，无论来去。

刘海港、吴达彧　于仲秋之际

序二：可以孤芳自赏

春义邀我为他的诗集写序，这让我感到万分的为难。我不懂诗词，读春义的格律诗常如睹云海仙境，心知其美而口难传咏。

春义作诗已数十载，才思敏，笔耕勤，日说杂想随写随发，一砖一砌累加不辍，如筑室立屋，不觉已巍然可观。

我一门外汉，读春义的诗自然难窥庙宇之美，但依然能见其平素，可谓读其诗知其心愿。他的诗赋虽假古韵抒发，其意境却都是面向当世现实，自顾感怀、胸罗锦绣，精巧活络的遐思彰显出知性思维的缜密，却也难掩几分孤芳自赏的倔强。正所谓：『罄澄心以凝思，眇众虑而为言。』

像春义这样动辄以古风诗心喻今日生态的诗者亦稀如星凤。但春义就是痴迷于其中，不单是触物兴怀、燕市悲歌，大抵也是他志不怠儒气之诚，绝不敢忘读书人之本吧。

日前驾车行二环至西直门，绕辅道遇堵心烦，缓行间见路旁一男子形似春义者，素地布衫斜挎书囊，持竹笛弃闹市于身后，面对一棵冷杉尽情倾诉。一粲之余不禁联想，这人的举止倒符合春义作诗的处境：独立于红尘嚣嚣的演奏，不屑于凡俗世事的扰攘，在冷杉枝干间静观世态炎凉。

翌日端午捧酒去看春义，没想到他竟坐在书斋榻上发呆。恰如其诗云：『雨气森森滚闷雷，黑云压顶隙光徊。眼前十万青鸦叫，难掩书生不语颓。』是为序。

王兵　壬寅盛夏于古城

序三：诗意于当下的诉求

早些年，在『诗界的哲学』公众号里读到过许多妙文佳句，这成了我每天必看的微信内容。同时也发现身边不少朋友都在关注并转发传阅，后来不知何故悄无声息地不见了。再后来续而代之的是——『猎影牧文』，是同一作者，内容依旧精彩，只是多了一些含蓄内敛，耐人寻思。

在近代以前的两千多年里，中国传统文化一直在一个不断臻善、自成体系的人文生态中赓续发展着，无论世事变幻，朝代更替，谁主天下，都在『天不变，道亦不变』的世界观里衍续着个体生命与族群社会的共生共进。哲学、艺术、诗歌也都在这个文化主脉里异彩纷呈，流芳千古。到了近代之后，随着欧洲资本力量的扩张和外来文化的介入，原有的文化主体性和完整的结构受其影响，出现了多重复杂的变化，这近两百年时间的演进是多元而深刻的。其中交织着几代人的付出、思索、主张、争辩与讨论，至今这个深重的历史命题依然没有答案。也许是今天的学者们太想快速求解寻得结论，但这也仅仅是对真理的热情和急切；即便皓首穷经可能还会是无解，或许这就是当代人的处境与无奈。历史之久，人口之众，疆域之广，复杂之国是，很难用几家之言，一厢情愿地去定义出谁优谁劣来。老子在《道德经》的十五章中写有两句话：『孰能浊以止，静之徐清？孰能安以久，动之徐生？』它道出了对世界最为根本的哲学追问与思索。于今天而言仍存有深刻的启示性，我们是否能耐住性子去遵从天道的本然，诚实于生命的本质呢？这恰恰是当代人的问题所在。工业科技社会无限地放大了人无所不为的雄心，恣意的妄念、妄想、妄举，任何过于人为的结果或许都会远离人性之本，脱离天地之道，将人异化为一个不伦不类的存在物。

中国古代哲学和诗学从来就是一个主题、一个诉求——人生思索和情感本真。无数的诗词歌赋都以其语言文字的共识性与广泛性来传达着『人同此心，心同此情』的深厚情理关系。在咏诵之中无不被那些日常的离愁别绪所感染或打动，这就是中国人本有的心性特质。与人、与天地自然和谐对应的关系。晚唐的司空图将诗的风格鉴为二十四品，其实道出了古人丰富多样的情态与感受世界的类型和方式，与其说是风格之分，不如说是心体与自然相合化生的境象审美。这该是中国式的内在情感逻辑。如今百花齐放、百家争鸣的人文形态之下，一以贯之的朝夕情怀的已经是诗人中的珍稀品种了！王春义先生则是这少之又少、特立独行的一位，多年来他埋头于中华传统古籍和西方经典著作的广泛阅读，这是当代学人无法避开的现实处境和知识背景，在两种文化混合交融的内心世界里，他的所感所思都以极其敏捷、准确的语言形诸文字。这一浸透于内心深处的文字依赖，在经年累月的生命行程中，渐已转化为一种神性般的精神舒张，也成为他日常行表的必然，这是非常可贵的状态！遍阅春义的诗文，多在随感兴起时成篇：有壮怀激越慷慨倾泻的痛快，有悲天悯人沉郁在胸的凝虑，也有轻快明畅的散怀……种种心绪的变化和思虑，都真实自然地流露在他的每篇诗文里，成为他自觉的修行与心灵的日记，这是王春义特有的诗性所在。不仅诗怀饱满、情思真切，而且不乏深度哲思。由诗句映现出的意象之美，多有画意画境之妙，曾激发了我创作山水画的冲动。春义在古诗的写作形式中，将平仄韵脚、节奏语序、开合起伏拿捏得精当熟稔，尤在引经据典、掌故运用，以隐喻例证的传统手法上，凸显出一位读书人的文化功力，也成为他立身处世、为人为文的底色。

李文君　二〇二三年九月七日

序四：春义的诗与酒

初识王春义先生是因为工作室搬家，这还要感谢王兵老师，记得当时我约了王兵老师和几个朋友一起看新的工作室，王兄就在其中，交谈中王兄少言寡语，但笑容可掬，之后便加了他的微信。在看微信时偶尔会刷到王兄的诗词歌赋，他文笔清澈真诚，可以窥见王兄心之所向，于是我特想与王兄同饮一杯，便有了之后的酒局。

酒局中与两位王兄（王兵老师和王春义先生）相谈甚欢，一见如故，王兄倜傥不羁的性格让我印象颇深，奈何当时不胜酒力，第一次酒局就喝得不省人事，幸得两位兄长照顾，也不知道怎么回的家。

渐渐地跟王兄变得熟络起来，基本上每天都能看到王兄写的新诗，有欢愉也有悲悯，有忘情也有离歌。而我似乎也身在其中。记得在二〇〇二年考美院的研究生时，我在创作考试的草图上写了这样一段话：我有一双充血的翅膀，却被蒙住了双眼不知飞向何方。或许也只有诗和歌才能让人感受到一丝自由吧。

看得出王兄的热爱与执着，诗中有血有情、有酒有歌。随着我们的酒局多起来，我对王兄也有了更深入的了解，才发现王兄与我有很多志趣相投的地方，虽然我不会写诗，但能为王兄的诗集作序也是人生一大幸事，就祝福吧！有王兄的诗与酒相伴，快哉！

高峰　二〇二三年九月三十日于望京

序五：我看春义

从一次著名事件的讲述开始，进入了我们之间的谈话。对方是亲历者。谈话储藏在记忆里，成为内部影像，或者会成为永远。

与我谈话的便是王春义。那晚的酒局，我与春义第一次见面。

春义的形象逐渐鲜活且愈发动人是因为他的诗，即七言、五言的古诗及绝句等。春义写诗很快，给我的印象仿若能出口成章，提笔成文，速度之快如喷涌泉水，汩汩而出。令人羡慕继而拍案叫绝。说实话，我不大懂古诗词，所谓的赞誉也是粗浅经验中的直觉。有懂诗的业内文字老编，见我微信朋友圈转发春义的诗，跷起拇指，连赞三下，说：『写得真好，当下有如此水平者已不多见。』我曾问春义，如此当下何有如此诗作，我所说的『如此当下』意谓春义与我年龄相差不大，自上小学时应该赶上或经历『文革』，学习生涯中应该没有对于传统文化的深入学习，为何能写出这样的精彩诗句。春义告诉我：他幼承家学，是父辈培养的。哦，童子功随时日行走绽开了今天的花朵。

春义写诗并不刻意，所见之我想，所思随我意。虽然写的是古诗，表达内容却是当下的，或者说是当代的。其情感、哲思、批判精神，诸多感慨却也是来自面对各种事物以及阅读中的体验或者说是感想，颇有现象学言及的『直观』表达，现象学的『直观』其实包孕着思辨、经验及概念的内涵。

春义的诗作多是三言两语，直抒所见，却也绝非浮光掠影，或者轻描淡写，而是情感深重、洞见敏锐、哲思犀利、心怀天下，具有深度思觉的人生感念。春义的诗作还有一个特点，即语词很美。这也是我这个不懂古诗者的一点直觉拙见。在我看来，春义的语词可以精妙地匹配所描述事物，是超越了概念思维的灵性阐发。其中词语的跳动，既来自事物本身，又还原于事物的体验。『美的本质是直觉』，直觉唤醒的恰是心灵深处本真的言语。

中国传统自先秦以来便有重象、重直观、重体验的认知，且绵延两千多年，至今不衰。『象思维』让我们的思觉不滞一时一物，而是纵发天地俯仰宇宙。春义的诗作涉及人文、社会、朋友、家庭、衣食住行等，可谓无所不包，视线广阔。阅览下来，却是其整体人格精神思想的外溢。

春义运营了一个公众号叫作『诗界的哲学』。隔三岔五，便有新的诗作、散文和思考之篇投放其上，编排颇有水准，让我这个从业多年的编辑人也暗自佩服，赞叹不已。『诗界的哲学』不仅包括了春义的诗作文本，其中还穿插了不俗的音乐和对音乐的解读。高手在民间矣。

春义之前曾从事过地产业，正风生水起之时，忽然弃商从文，忘我地投入文学艺术创作，并且一发不可收。春义率真，好酒，爱朋友，疾恶如仇，在我心里，实乃一个真人。

高海军　写于癸卯年九月初八日

自序

余自幼好书嗜史，自诩诗才从不让人。盖诗者，心之苗也，有感而发。常慨明末张岱语：『人无癖不可与交，以其无深情也；人无疵不可与交，以其无真气也。』其实是诗者自谓也。诗无他，唯真而已。真而有癖则真情昭彰，真而有疵是坦荡荡也。观今日诗者，佶屈聱牙，摘文断义，扭捏作态，故作风雅，已无格律之美，更无诗韵之法。尝言：格律者，乃镣铐之舞。于出云破雾处悠然自得。此其谓也。余甚喜司空表圣《诗品》。要言不烦，尤喜『落花无言，人淡如菊』。吾以为诗品亦人品也。袁随园有《续诗品》，其实重在诗法而非诗品。品者，在于风格、风骨乃至锤炼语境，彰显意境。王渔洋独爱司空表圣之『不着一字，尽得风流』，因其一语道尽诗品之髓、诗法之骨。亦即司空表圣之『味外之旨』『韵外之致』。诗可如杜陵野老『沉郁顿挫』，亦可如东坡之『旷达超诣』、黄山谷之『沉着洗练』。二战时期美国诗人庞德以为，东方古诗首开意象之始，而西方诗歌流变，从宏大叙事豁然而开意象之流，只是近代以来之事。然则，东方古诗往往以感性之跳跃弥补逻辑思维之不足，这亦是实情。所谓经史子集若獭祭列岸，病在若无师执耳提面授几乎略无哲理可倚、路径可循。而皓首穷经者往往至死方悟。逻辑则不然，是路径之用也，学人自可寻径探幽而至化境，克尔恺郭尔、维特根斯坦辈皆如是。余以为，面对东方古籍之浩如烟海，用陆机『精骛八极，心游万仞』、刘勰『思理为妙，神与物游』之理或可领悟。或有问：『东方文化果真无逻辑焉？』吾言：『有，却并无显学，唯私相授受。』曾与金陵周晓陆教授畅论东方古体诗与西体诗之辨，吾言：『东方诗重在意境，西方诗重在思维，此二者各得其妙。二者兼得者渺若沧海一粟矣。』拊掌而笑。诗与乐相伴而生，自古使然。孔子诗乐并重，修诗三百，叱詈郑音。余自束发以来每日作诗，以诗为记未尝废也。青年时曾读钱锺书先生《管锥编》与《谈艺录》，先生于诗意之途，厥义夐矣，照烛中西。每博论之时，令人拍案。所谓『篇章之珠泽，文采之邓林』也。读至精彩之处吾常慨生而有幸也。余以为中西文化可互相参照，不可互相比较，比较则有争胜之心，以至于今日之弊。而锺书先生之《管锥编》，正以东方文化之历史延宕作为每篇文章之题目，文中兼论中西。先生之深意谁能理会得？最后，用西人庞德一首小诗《在一个地铁车站》为本序收尾：

『人群中这些脸的憧影／湿黑的枝上的花瓣。』

二〇二三年五月六日于合木

目录

绝句卷

二〇二三年

小恙思酒　二〇二三年十一月二十七日晨

病体支离恹复蔫，谁家有酒送嫣然。醉时颠倒心无怨，卧看梨花袅娜芊。

今冬头场小雪　二〇二三年十一月二十五日晨

枯枝虚应雪初寒，将冷茶烟半作蟠。拗菊残黄心也累，清香一瓣白加冠。

小雪日一谑　二〇二三年十一月二十二日晨

又至年关逢小雪，张罗网雀润焦肠。嗷嗷待哺非农户，却是朱门肉食廊。

直觉之辩

二〇二三年十一月十九日

与诸友谈关于直觉的哲学路径。公望兄嘲我：『牧文常常搞不清楚方向，虽然才华横溢，准头却差啊！』遂口占一绝和之。

我本尘埃一粒沙，随风飘舞漫天涯。休言身世无依靠，所过繁星俱可家。

友邀评诗

二〇二三年十一月十七日

诗思岂尽前人意，落寞巴山商隐词。不耐秋风随性扫，青灯黄卷小荷池。

附粤友王晖兄赐和《步韵和牧文老师》

二〇二三年十一月十七日

唱吟但述平生志，醇酒佳人肠断词。纵记兴亡烦恼事，依然蜀雨洗秋池。

初冬日

二〇二三年十一月十五日晨

思氛超旷拔群溪，落日山川岂可迷。破裂虚空无鸟渡，只余萧瑟补诗题。

梦魇

二〇二三年十一月十三日晨

许身一世参花趣，跌宕羞于效腼颜。叹息肝肠常置炭，居然梦里也潸潸。

狂风

二〇二三年十一月九日

白云片片向南飞，万叶随风也欲归。举眼难当天下色，橙红金紫竞争晖。

黄金甲

二〇二三年十一月二日

宁波徐老师尝谓吾风景诗中亦有杀气，今更借黄巢意赋深秋以释怀。

落木深秋古寺幽，文章大块更含愁。满城尽带黄金甲，暂借狂飙酣畅求。

诗境谈

二〇二三年十月三十日晚

诗境涵心境，需从适意游。得来徐借喻，悟喜若拈阄。

阴霾天叹合肥花海送好人

二〇二三年十月二十九日

纵然花海满山河，不止思君泪雨沱。岂恨有生多夜色，招魂人影也婆娑。

今日雾霾

二〇二三年十月二十九日晨

天霾弥漫连惊梦，酒醉才能炯炯明。感慨是非均晦气，守雌环顾愧心声。

趣

二〇二三年十月二十八日晨

有女用蒙圈之形容打油，嘲世人凭吊意，吾取其旨也，试哈哈打趣之。

蒙圈之后再蒙圈，若个猜疑亦嚷喧。究竟如何匀俗眼，嘻嘻一笑又千昏。

堵车之晨

二〇二三年十月十六日晨

往来阡陌叹车多，堕入尘埃恐旋涡。本是人间争过客，匆匆一面付呵呵。

昔年

二〇二三年十月十五日晨

昔年青涩擅离情，骤散东西心不惊。再见凄然双泪眼，才知轻薄最狰狞。

伤情

二〇二三年十月十四日晚

伤心凝郁又秋云，昔日情浓素色裙。数载风烟思一慨，白头不敢喻心焚。

友约赋芙蓉口占

二〇二三年十月九日晚

淡红裙衩初窥镜，一笑倾城欲僭朱。寂寞含情常有怨，娇嗔待雨且当垆。

谢老酱老兄约我明年赴泰国谋醉欢聚

二〇二三年十月六日晚

吾兄约我赴泰国，云翥餐霞满路歌。擎手开樽嘘日月，排山酒力醉头陀。

题蕙兰谢远友

二〇二三年十月六日

蕙质兰心落雨香，秋思宛转溢清凉。远来请借青霞色，点染人间寂寞妆。

与诸友谈

二〇二三年十月五日

与诸友谈教育，友叹传统文化中的糟粕等级观念之弊端。吾言：等级观念是深入社会骨髓的痼疾。就是鲁迅之痛诋『红肿之处，艳若桃花；溃烂之时，美如乳酪』的深意。出人头地是多数人的权力潜意识。这就是为什么鲁迅这么不遗余力地痛斥传统文化，甚至以传统文化吃人而怒斥之，其意义就在这里。因此有难于融入当代文化之嫌。误读鲁迅而横加鞭挞，实在是遗憾。

方家教子寒窗辱，龌龊之谋亦可夸。苦尽甘来端玉带，长安得意冠乌纱。

口占步韵友诗

二〇二三年十月五日晚

忘却前生睹未知，新亭对望郁成诗。河边络绎人来去，为掩伤情折柳丝。

附戴女史原玉

因定三生果未知，繁华浮影愧成诗。无端坠入红尘梦，惹却三千烦恼丝。

赞

二〇二三年十月四日晚

如灿友昨日引言『万花丛中过，片叶不沾身』，甚爱此句竟不知出处。查之方知出汤显祖《牡丹亭》，日来尝口诵心惟而喜也。是为赞。

万蕊花丛归一羽，不沾片叶驭霞飞。诗消道赝听兴废，过雨山川所叹稀。

长城

二〇二三年十月一日晨

万里长城万里目，前贤筑以拒人窥。匹夫却以孟姜祭，石眼河鸣正藏悲。

中秋前夜友以茅台老酒招饮，未能赴憾甚

二〇二三年九月二十八日晚

月满中天应敬酒，推杯最善老朋香。惜哉家有娇儿闹，误我倾怀万举觞。

早餐一饼一茶亦足矣

二〇二三年九月二十八日晨

粤地友晨起晒粤式早茶，有佛跳墙等美食，令吾食指大动却无奈，诗此自恃清高。笑矣。

晨曦一缕戏茶旁，恨我无钱佛跳墙。说有还空秋色恼，山堂只许雨涵香。

揭丑　二〇二三年九月二十七日晨

友撰文《灵性与心理 PUA 的共通机制探析——建议》揭灵修之丑。吾赞好文却有隔靴搔痒之嫌。彼回：好留情面。因戏谑一绝。

凡客不凡心，深疑圣颂音。抽刀轻刺扰，瘙痒隔靴涔。

过秋池　二〇二三年九月二十六日

秋荷池里漾空波，鱼乐鱼惊相慰歌。惧此无情今日逝，残花小径夕阳多。

注：鱼乐，出自《庄子》：『子非鱼，安知鱼之乐？』

嘲朽儒　二〇二三年九月二十五日晚

饾饤庸儒共一流，清波白马狈无羞。人嘘尔是云中鹤，生死缘何尽覆舟？

老糟头　二〇二三年九月二十三日晚

有生以来头一次被女性骂老糟头，实有不胜荣幸之慨。记得上次被骂糟老头子的是乾隆。『纪从容免冠顿首谢曰：「万寿无疆之为老，顶天立地之为头，父天母地之为子。」高宗乃悦。』今日想起不觉莞尔。

嘲笑衰翁能饭否，纪生滑座惧王颜。蝉嘶殿外连三响，油汗蒸腾惹泪潸。

晨醒观斗　二〇二三年九月二十一日晨

清秋无事览群聪，戾气冲头瘛疭疯。随手空书新咄咄，绝应大胆叱苍穹。

旁观诸生骂战，戏谑步韵某腐生二首　二〇二三年九月十四日

一

饱读诗书句读儒，未知孟子亦伧夫。众生蒙昧吾趋矣，天地之间一酒徒。

二

诗书千载均藏毒，最笑无知嘲世俗。已是鱼虫也不羞，尚称老朽蒙庸福。

教师应有德

二〇二三年九月十日

束脩一礼拜清怀，新风羞谀老凤偕。岂恨夺姿驱傲骜，惭愁诺诺畏庸豺。

习瑞诔

二〇二三年九月八日晨

世难多有无间苦，一跃尊严赴未名。自断此生不问命，寒灰心死也争鸣。

赞苏

二〇二三年九月六日晨

晨，若芝发一文赞老苏于风雨飘摇中仍遗世独立。吾言深拜服之。

黑云笼盖万声萘，风雨飘摇拜老苏。赤壁金戈仍对酒，大江东去泪颜殊。

夜雨无眠也叹《巴山夜雨》

二〇二三年九月三日晨

淅沥寒飘茶又冷，心鸣渐老淡疏离。巴山夜雨秋池涨，竟是沉沉不忍时。

感念

二〇二三年八月二十八日晚

感小鹿教授悼念授业师从学天文地理事，忽联想起伯利恒马槽降生故事，遂有感而发。

夜朗星繁辨紫微，东方三圣沐柴扉。参商天意虚牛斗，万象浮生借以归。

附小鹿教授原玉《痛悼张培瑜老师》

二〇二三年八月二十八日夜于长安

初到半山撸彗尾，又逢三代证蓂青。仪征教我一铜尺，豫陕盘他多土铏。

苹果长安托嘱咐，葡萄白下细叮咛。历书长驻轩辕侧，中夜太微祭列星。

家宴罢赠子道侄儿今晚赴美留学寄语

二〇二三年八月二十七日晚

晕眩酒醉忧儿辈，万里孤星叱海涯。尚喜争雄驰旭日，豁然开眼探神奇。

闲来无事给孩子炖一锅东坡肘子

二〇二三年八月二十六日晚

肘髈旺火蒸三晌，肉烂浓红香溢厨。纵是东坡来我处，也须馋作老饕徒。

不忍吞声儿辈愚

二〇二三年八月二十六日晨

狂歌当哭沦冰炭，不忍吞声儿辈愚。我自仰天凄笑尔，伤心无限掩长吁。

夜雨

二〇二三年八月二十四日夜

夜深岑寂守茶烟，秋雨潇潇坐到眠。幸与江南同瑟瑟，今宵好梦去林泉。

友情

二〇二三年八月二十三日晚

友自法归国畅游，今至蜀青城山尝腊肉，登玉垒阁吟杜甫诗『锦江春色来天地，玉垒浮云变古今』，并寄腊肉赠我，我言不馋腊肉，馋卿畅游。

青城腊肉友尝鲜，直寄三方诱我涎。玉垒阁前吟杜甫，锦江秋色汇诗笺。

南橘北枳之诡

二〇二三年八月二十二日晨

酬酢宴游均道苦，却常乐此不言疲。若非知己两三个，交盏求欢笑藏欺。

今日进山，觉阳光灿烂却心有异境之感，因有记 二〇二三年八月十九日晚

湖山灿烂我心奇，微漾波光却有思。几片纤云疑泻玉，不知身往哪边驰。

悼屈原 二〇二三年八月十八日晚

吾邦吾为歌狂哭，弹指流年鬼蜮风。楚有三闾羞忍辱，堪嘲我辈伪衰翁。

次韵唱和小鹿教授五绝《消暑不闲，拜观勇飞〈周易洪范论〉大著》

二〇二三年八月十八日

无为识老时，异趣或同知。浇满银觞酒，秋吟浸古诗。

附小鹿教授原玉《消暑不闲，拜观勇飞〈周易洪范论〉大著》

密云不雨时，葛茀旅嫛知。洪范泯玄鸟，小狐彖象诗。

外甥女从景德镇给我寄来一醉倒路边斜眼吐舌老酒鬼陶瓷，说很像姨夫

二〇二三年八月十六日

陶瓷老鬼醉流涎，倾倒街边抱瓮眠。眉眼笑飞无大小，小丫头子欠吾拳。

从今天起面向大海冬暖花开

二〇二三年八月十六日

从今面向西沧海，冬暖花开夏雪飞。品茗萦回书案后，团团围坐泪残晖。

次韵唱和小鹿教授《长安立秋后晨夜明显转凉，蓝田王村秦岭脚夜饮》拟二题

二〇二三年八月十七日晨

一

凭栏念旧溢深哀，倦客悲从秋气裁。忍许桑榆风落叶，无名之郁恨勤来。

二

斯人趺坐庆无哀，李杜风流一并裁。万种不和时局雨，从今须共雪寒来。

附小鹿教授原玉《长安立秋后晨夜明显转凉，蓝田王村秦岭脚夜饮》

二〇二三年八月十五日夜

蝉唱迎秋未觉哀，云衫山褂醉中裁。谁擎露剪汉唐事，昨日周郎今又来。

秋燕　　二〇二三年八月十五日

两汪秋水百灵馨，粉黛微施爱雨亭。欲借轻岚偷酿醉，诗心领雾向娉婷。

友吟句『相逢不晚又匆匆』，吾见猎心喜为之续句　　二〇二三年八月十四日晚

昨日阑珊灯火忡，相逢不晚又匆匆。人心两地星和月，看似无间却永空。

仰天长叹　　二〇二三年八月十四日

仰天一嗟知难尽，逻辑之由亚圣鸣。何以东贤唯义利？不思浩渺处深情。

投甂　二〇二三年八月十三日晨

古贤最忌亲亲恶，野火燎原玉石焚。临到隋炀悲镜叹，家山愁是遍荒坟。

友言『年少不懂李宗盛，听懂已是曲中人』深以为然而赋　二〇二三年八月十二日晨

才知有爱无须永，只那轰然一瞬光。余烬微生非彼世，明朝惊悟此时伤。

沮丧　二〇二三年八月十一日

应可哀伤被友訾，缘由妄议慎成危。始知肉死身躯腐，最使狐疑化恸悲。

思人　二〇二三年八月十一日

秀发依依那日春，回头柳岸送归人。灵眸已似深潭水，可许秋风为我珍？

晨与友闲聊忽忆藏行　二〇二三年八月九日晨

风沙万里一孤行，两袖沾天七色旌。收敛苍云书寄语，空山有意任深情。

自惭不能赴说走就走的旅程

二〇二三年八月七日

吾愿与卿同浪迹，天涯百瞬驻云间。然而白发飘秋雨，欲放豪声总愧颜。

禅让之疑

二〇二三年八月六日晨

前途无路恨茫茫，天步维艰病大荒。耻见丹朱摇旱橹，轻抛九鼎让秦皇。

隋炀帝

二〇二三年八月五日

借那螺蛳做道场，低洼淀里筑牌坊。喧阗宇内狂夫吠，一片汪洋满世蝗。

宣纸

二〇二三年七月三十日雨日

雨日晨，海港兄喜告花十万元买断一生宣纸厂老货，回家挥墨试纸后大喜过望。吾赏观之，唯目瞪口呆遽呼大作妙极口占题作。

胸有崚嶒称古意，乾坤曾此卷中裁。风云不动因生敬，欲遣吾侪共雨雷。

叹近日驾车闯魔鬼城诸人之死

二〇二三年七月二十九日晨

天地无情万物生，相呼矫首竞豪声。云频出岫由人阅，岂是空山愧色萦。

告我友

二〇二三年七月二十七日晚

我友皆言吾爱酒，金樽手把晃烦忧。今年荒诞成新骂，胸次方能释最愁。

闲话

二〇二三年七月二十七日晨

与友谈历史，友曰：『人类历史往往是少数人统治大多数傻瓜。』吾言：『谁是傻瓜？』友回：『你我都傻。』我回：『古往今来无不傻。』因成一绝。

光阴百代均过客，君憾强权梏傻人。古往今来无不傻，草间荒祀乱坟邻。

酒醉归家，见晖兄弟引完颜亮诗，却无人能懂而遭蠢劫，不觉莞尔，因此而叹

二〇二三年七月二十六日凌晨

我醉欲眠君且去，提兵送命梦西湖。有钱休学完颜亮，蠢与隋炀照好颇。

与友尽欢后酒醒而歌

二〇二三年七月二十四日晨

一曲轻歌一尽杯，不辞慷慨不心颓。愀然一醉扶难起，径入庄生蝶梦哉。

赖床

二〇二三年七月十六日晨

赖床不问惊心事，自在轻鸣寂寂尘。空院存些风韵迹，却无放浪助缤缤。

连雨后今日清凉

二〇二三年七月十五日

风有殷勤飘拂意，熏茶举盏嘴嘘吹。花裙蛱蝶频相扰，更有鸣蜩乱我思。

也叹儿戏谑老苏《洗儿诗》

二〇二三年七月十二日

苏子盼儿愚且鲁，风流蕴藉岂能雏。无灾无病公卿种，此老疼儿太扯乎。

溽暑深羡

二〇二三年七月八日晨

深羡诸朋散八方，长缰铁骑纵心狂。青山嘲我星霜鬓，手指昆仑雪逞强。

读书疯笑

二〇二三年七月五日晨

街上咻咻群激愤，喧天口号悍磨刀。一枪鸟散空城寂，秒认横渠尿遁逃。

注：宋人张载有横渠四句曰：『为天地立心，为生民立命，为往圣继绝学，为万世开太平。』

记噩梦

二〇二三年七月五日晨

九鼎沉沦江海恶，红尘暗淡苦何哀。前驱虎豹争人噬，咫尺惊雷不敢催。

赶集时读诗，不觉苦笑，遂口号

二〇二三年七月三日晨

忍对畜睛愁拙计，街衢只许赞猪哼。途穷天尚无明意，多少残生泪目撑。

思春尼

二〇二三年七月二日

灵雨青庵半夜歌，香殷玉抹脸微酡。少年唧个酬孤寂，荐枕甄妃呓语多。

无奈对蠹

二〇二三年七月一日

天热不知何以处，一杯凉酒抚烦心。短衣随遇枯中乐，悯叹愚氓惯犬侵。

头脑代管之行状

二〇二三年六月三十日

心脑求知谁是主，丧家形若犬惶惶。逡巡肆汨谋轻抚，顷刻飘然狺吠猖。

金圣叹

二〇二三年六月二十七日

我调侃友说，如在大清我判他木驴游街。友回我说：『等不到你判我时，你就在文字狱里烂死了。』不由想起金圣叹在刑场被砍头前交代给儿子的秘方：『花生米与豆腐干同嚼有火腿味儿。』共一粲。

临砍头颅呼小子，密声急告祖传方。花生豆干同时啖，最比三盘火腿香。

一束光

二〇二三年六月二十六日

群友议论『人人都是一束光』群原来还叫过『在月色如水的山岗上撕书』，一见入心。时光荏苒不禁唏嘘。

月色山岗不语人，撕书化蝶舞粼粼。畏途回首神凌乱，意苦萧条饱闻嗔。

口号赞吾兄妙文

二〇二三年六月二十五日晚

文无一字之嫌赘，惬所藏真玉锦修。细雨灯前痴老杜，隔空久已为君俦。

口号谢一诺友谬奖

二〇二三年六月二十三日晨

婷婷一诺暖心存，愁绪萦怀不尽言。已在江湖尝独败，衣冠寂寞少人烦。

悼屈原

二〇二三年六月二十二日端午节

夜雨湘江屈子情，仰天长啸傲心旌。精魂岂是池蛙诋，秽世鸱鸮也敢轻？

泰国老酱老师赠诗掖奖后学，惭愧不已，步韵唱和而谢

二〇二三年六月二十一日

喜与仁兄共暑天，茶风缥缈静三渊。禅心两地灵犀涌，酣醉时能畅叙篇。

附老酱老师赠诗原玉

二〇二三年六月二十一日

久读兄诗文大作，深得教诲。叹以兄之才气，诗如泉涌，说柳永再世有些谄媚，但国内诗坛上有一席之地是肯定的。正是：

布衣堪以补苍天，陋室琴心观薮渊。斗转星移惊一瞬，诸君可畅读新篇。

与小鹿教授共谐谑一场荒诞

二〇二三年六月十七日

指鹿尚能真类马，鼠头鸭脖费疑猜。朝廷巡按轮流验，亿万银圆辨鼠才。

夏暑

二〇二三年六月十六日

夏暑熏蒸风有病，清池树畔坐贪凉。轻摇纸扇蚊蝇恨，下嘴艰难猛发狂。

赞泊雅的哲学小院

二〇二三年六月十五日晚

蕴真院落多莲藕，思可不群静抚琴。翌日应携新酿酒，塘边小筑借清吟。

背错《兰亭集序》

二〇二三年六月十五日晨

林间横笛聆韶乐，一展天音岂忍疵。若是倾城真有蔽，胸容丘壑信仍奇。

谑猫

二〇二三年六月十二日晚

独坐和猫向外呆，今天白眼幸它陪。唯无夤夜同飘瓦，日睡三竿半亩苔。

坐待雷雨

二〇二三年六月十一日

雨气森森滚闷雷，黑云压顶隙光徊。眼前十万青鸦叫，难掩书生不语颓。

惭醉

二〇二三年六月二日晨

向晚醺醺酒十缸，草书肆笔乱开腔。今晨失色天仍转，觳觫升惭幻影幢。

谋醉

二〇二三年五月三十一日夜

存郁心难图一醉，呜呼嘘罢百年过。常常细雨轻轻落，湿目回头不语多。

信如烛火答友问

二〇二三年五月三十日晨

信借情真许称强，蔑从浑噩处糟糠。烛明之外寒昏夜，一火悬微若祭殇。

答友

二〇二三年五月二十八日晚

抒怀自古诚难事，敢以言行吡伪心。亦侠亦狂真傲骨，文章必发丈夫吟。

沮丧

二〇二三年五月二十五日

瀹世深情因爱隽，不烦家累胜禳巫。沉思趋避无人识，一片忧心枉费吁。

夜醺

二〇二三年五月二十一日夜

慨而当哭醉仍鸣，屋角风来吹脸萌。三十余年犹此夜，无声无息注深情。

父子涮锅

二〇二三年五月十九日晚

雨夜围炉与子谈，清风似喜绕吾男。此时玉立梅千树，欲训良言却有惭。

友发一画，言画中上房揭瓦的疯状像我，笑纳并口号

二〇二三年五月十八日

攘袖喧歌瓦面嗥，灵均不再拒号啕。竹山亦有波澜状，看到愁时欲拔刀。

蓝猫

二〇二三年五月十八日晨

我家傻猫春天的时候未见如何闹春，夏天了，倒时不时就偷偷溜出家门找不到了，天天找好几遍，急死我了。

夜出未归吾踯躅，三春闹过始情燃。徘徊绕院勤呼唤，惹得邻人疑我癫。

谢友

二〇二三年五月十六日晚

吾为己写一序文，有佳人嘉许有宋洪迈之风，不觉心头一喜，遂赋一绝以记之。

驱文支羽漫成章，涉境兢兢岂敢猖。幸有佳人应许我，不因醉尔枉抛香。

独自夜醉

二〇二三年五月十五日夜

一杯红酒一支烟，一夜风声一夜虔。心乱飘飘追落叶，今宵无月共翩翩。

行为艺术

二〇二三年五月十四日晚

若芝老师的女公子在美国雨中的行为艺术令我感佩，若芝说『此处无声胜有声』的同时，我在北京的夜里听蛙鸣不觉醉意蒙眬而赋，是为记。

蛙鸣夜色短长更，此处无声胜有声。两地雨声和一梦，山川异域共心旌。

懒政

二〇二三年五月十二日

天津妙芙发一文令吾笑绝，其言昔日蒋钟爱美玲遂于金陵（亦名白下城）城垣遍种法国梧桐。今时天津遍种杨柳，至春夏之交，柳絮杨花到处乱飞却不知郡守爱谁。想起韩愈有诗曾云：『杨花榆荚无才思，惟解漫天作雪飞。』日增一笑尔。

白下山岚遍法桐，能招彩凤佐英雄。天津街市飘杨絮，漫笑才思只介疯。

口号与司南调侃谋一粲

二〇二三年五月五日

检点游踪狂自语，绕篱每爱戏红装。修禅未稳空行去，半日为农野草香。

夜雨

二〇二三年四月二十七日夜雨

滴落窗棂听碎响，一杯淡酒一行诗。
声声夜雨携春去，怪我不能换大厄。

收拾旧照忽悲

二〇二三年四月二十九日晨

难测前途歧路示，摩挲旧物叹迷惶。
千年孤月明明在，却只江流无尽霜。

小昭

二〇二三年四月二十九日

心灯一盏五分钱，化作长虹贯日鞭。
残梦飘回仍诘诘，百年负笈为诛权。

舞者

二〇二三年五月二日

侧岸游人次第忙，婷婷独舞若花香。
通衢贩妇时偷眼，两朵腮红忆昔妆。

桂红摔酒

二〇二三年四月十九日晨

昨晚几个老饕喝了瓶三十年前的景阳春老酒，如酒瓶未摔，尚狂谈不已。以此文为记，多年后再看亦是一乐。

卅年老酒助谈资，满座春风八面吹。赖有摔瓶能治醉，如卿十首浩然诗。

喜一诺贴金人高士谈《棣棠》，步韵和之

二〇二三年四月十六日晨

远市人稀独自芳，有朋欣至喜幽香。是非戏问山林雀，笑举三杯老酒黄。

嘲老雕虫

二〇二三年四月十五日晚

吟诗炼字先修意，笑叹雕虫老不穷。堆砌搬床摇首叹，舞文未觉腹中空。

牙疼

二〇二三年四月十二日

牙疼难愈令人悲，觳觫逡巡不敢医。蜷坐愁山颠倒惧，白衣美女手无慈。

讲学还是贪酒

二〇二三年四月十一日晚

兵兄去金城讲学，又云连喝数日大酒，去梨园看梨花，吃孬蛋羊肉串美甚。我无语，唯恨恨决不予理会此孬蛋之行径。

肉串飘香人孬蛋，梨花散入酒千封。馋涎几落生闲气，使我不能醉意浓。

暮春日与金陵小鹿教授诗文神交经年终于京师会面

二〇二三年四月九日午

百领神交诗会友，玄都春酒畅同奇。唐家秩网终疏漏，竟放馨华一两枝。

春情

二〇二三年四月七日

历雨风情难寄望，春花依次渐消磨。诗成百卷山林事，多是飘零别恨歌。

人性

二〇二三年四月六日晨

晨看一旅游达人视频言驾车环球旅游已深刻感受到被孤立敌视的孤岛效应，因有感而赋。

人生万事悲遭弃，暮雨残鸣路已穷。唯付一声长叹后，满身疲惫对寒风。

可为一束光

二〇二三年四月一日

美女桃之夭夭甫入『一束光』群问群规为何。我答每人均为一束光，个性互有明暗，互为自由之光而已。

桃以夭夭其烁烁，菁华君可辨馨香。
呦呦食野驰鸣鹿，之子于归嗅海棠。

不许质疑的春天

二〇二三年四月一日晨

一花摇落少人知，天下离鸿却已痴。
最是多情春未去，踏青不许有疑词。

午时应樱桃山庄庄主邀驱车进凤凰山小聚

二〇二三年三月二十九日晚

山间小聚展眉头，不为春风不为酬。
浮世本该多好友，共谋一醉算清流。

无题四首

二〇二三年三月二十九日晨

一

江山代有才人出，此句如今最可哀。
花放荒原均寂寞，都跟草木一般材。

二

花有枯荣情有别，苦堪白发对无声。凄凉尽数都和酒，春去春来忆满觥。

三

日暮心愁花绽放，不嫌野外阒无声。青春一再飘零落，俗眼难惊络绎英。

四

花开最不疗人苦，屡遇娇柔更白头。嗟叹心中无贼盗，对花微笑已欣眸。

续貂

二〇二三年三月二十九日晨

晨起，见友哀悼诗致有悲戚，遂赋酸诗四首。手机屏一闪，泰国老酱老师推来唐人两句诗：『染须偷嫩无人觉，唯有平康小妇知。』笑绝续赋。

花柳春风日逐姿，倩兮巧笑朽儒痴。染须偷嫩无人觉，唯有平康小妇知。

春夜赏玉兰

二〇二三年三月二十七日晨

一曲娇吟浮夜颂，枯荣自在绽春风。等闲难对花深诉，满树无猜敬我衷。

魏晋风骨

二〇二三年三月二十七日

小鹿教授设座讲授《文明起源》后赋词曰：『大胆说文明』『古井来醺西风骚』。读后不觉粲然。想起魏晋时名士喜学魏文帝驴鸣故事，遂附嘲一绝携笑。

喝完古井喝西风，醉眼春花尽可骚。一岸驴鸣争悦耳，满庭人胆学三曹。

何处安生

二〇二三年三月二十三日晨

书生惜羽逢群盗，十载寒窗素白裳。所见要津君占够，却嫌贾谊太轻狂。

叹姜维

二〇二三年三月十九日

蜀塞之邦无可羡，唯张旗鼓供牛奔。美妆丑角轮番画，一局三盘魏蜀吴。

悼亡送别

二〇二三年三月十五日

鼓盆化蝶庄生梦，谁立谁怜夜中宵。已叹天涯身是客，春风又化雨潇潇。

春风所谓浩大亦不过逞一时之盛耳，惕而警之可也

二〇二三年三月十四日

风云际会眼前过，浩大春河拂面歌。今日去休皆作古，轻嘘送尽众婆娑。

醒酒

二〇二三年三月十二日

卧床醒酒似登船，一脚棉花一脚渊。放眼前途都是浪，誓同天意比疯癫。

与诸友共醉后

二〇二三年三月九日夜

两三好友谋同醉，白眼人间我所哀。不惧胸怀无立世，樽前执手愧韩才。

注：韩才，韩信之才。

弱蕾

二〇二三年三月七日

弱蕾悬风似小诗，一层春意一层痴。细数花期应后日，忙修乱发待心怡。

荒诞

二〇二三年二月二十七日

滴落人间一客眸，停歌把盏漫风流。年来多少荒唐事，数与君听可共愁。

追剧《狂飙》晨起口号

二〇二三年二月十七日晨

醒于微末昧凡尘，草莽英雄嗜血沦。良识交征人海粟，大风唱罢戮千神。

嘲爹

二〇二三年二月十四日情人节晚

今天情人节与妻去蓝蛙酒吧。归家后十岁小栗子嘲笑说你们这么大岁数了还过情人节，我怒曰：『你管得着吗？』

情人节少新情侣，约出山妻去酒吧。小犬讥嘲爹太老，奈何强作一春花。

扶墙兄弟

二〇二三年二月十二日晚

初春日，金陵小鹿教授与友谋醉题一诗有句：『一回相见一回老，能有几回作弟兄。』不觉同感。

冬去春来望酒旗，舒眉把盏唤炊烹。岂辞大醉扶墙诉，能有几回作弟兄。

矫然之气

二〇二三年二月一日晨

Zake 戴才子说“内心丰盈才得富贵气象”，吾深以为然。

心地丰盈气自华，
矫然岂有滥浮夸。
真能谦逊灵知护，
便是风流便是奢。

唱和三题

二〇二三年二月五日元宵节

极喜小鹿教授诗中句“一生低首拜梅花”，遂步韵唱和。

一

悠悠岁月浪淘沙，
宵小无知鹜集哗。
满目荆荒徒恨恨，
一生不厌拜梅花。

二

京畿凭吊思清末，
常恨诸生误世看。
若使康梁无俗气，
百年何以更蹒跚。

三

寒村社鼓万神鸦，
春意不由醉眼赊。
尺可关门编竹篾，
隔江相望刎愁咱。

极寒之日

二〇二三年一月二十六日晨

携子驱车坝上游历零下二十五摄氏度，让孩子狂喜之余叫苦不迭。

登山四顾去烦忧，原上苍茫白雪丘。作赋无须多刻意，眼前万古一般眸。

乌兰布统坝上晨醒

二〇二三年一月二十五日

寒夜孤灯照雪萦，裹衾拥被瑟风倾。思量昨日才鞍马，异样山川信已惊。

兴至步韵晖兄讲晚明故事引征陈寅恪绝句

二〇二三年一月十四日

南明一叶最堪伤，碎雨残风半日王。如是钱翁忧水冷，回头已愧是沧桑。

二〇二二年

太炎狂

二〇二二年十二月三十日

适才阅一网文，叹章太炎、邹容往事不觉唏嘘。清末虽烂却仍有志士洒血以争，仍有章太炎的狂诞，幸甚。

示生信笔憾高墙，嗟叹汹言最断肠。清辫百年虽尽剪，世间却少太炎狂。

幻春

二〇二二年十二月二十六日

友言：『田园将芜，胡不归？』人笑焉：『真归？当境厌境，离境羡境。』我却不然，心归矣，何必身在？

杏白离枝飘若雪，夹衣紧裹醉春颜。稻粱自有农人力，昨夜前溪讲妙鬘。

注：妙鬘，出自清代笔记《池北偶谈·银杏树观音像》。

叹

二〇二二年十二月二十一日晨

闻臭成香事可悲，妄临深壑越雷池。人无恭谨家无轨，愚钝不知履薄危。

步韵唱和金陵高欢老师《临梵高鸢尾花》

二〇二二年十二月十三日

金陵鸢尾玉盆花，紫瓣凝晖半日暇。养气平生颇自许，一绫淡墨一杯茶。

慕金陵高欢兄

二〇二二年十一月十一日

高爷嗜爱画蝇蚊，青石筼筜柳叶裙。染墨才匀嵇阮趣，秦淮便幸沐君芬。

口占赠友

二〇二二年十一月三日

红颜希冀成知己，乱世仍歌倚马诗。一啸舒眉双影去，秋溪昨夜梦余炊。

遥遥共醉

二〇二二年十月三十一日晚

适才酒醉，恰生如夏花妹子也自云饮酒，因之请赋，一笑尔。

自比酡颜若夏花，雨中寥落醉堪嗟。秋风未扫阶前叶，欲为佳人驻晚霞。

来十渡幸遇诸师，更瞻运斤挥笔，幸也。题绝句以记雅集

二〇二二年十月二十七日晚于房山七渡

黄叶飘零伴水濛，柿红秋雨一山风。亲朋携友醪坛酒，带醉舒毫放笔翁。

重看《三国志》叹曹孟德

二〇二二年十月二十二日

阿操疑坟凡百二，临薨犹自嘱嫔婚。深谋算尽遗司马，族灭之时体尚温。

美女如云却天南地北，深憾矣，樊夫子凑趣令赋，兴之所至而吟

二〇二二年十月二十日晚

红尘一瞥情难忘，自笑诗人太自矜。纵使秋风吹锦瑟，无缘半字寄香绫。

惊寤

二〇二二年十月十八日凌晨四时

夜半歌声惊寤起，旋知风紧溯深廊。星临万户浮人寐，月下秋枝补素霜。

今日祭谭（嗣同）壮飞

二〇二二年十月十三日

登高也羡壮飞流，肝胆昆仑岂畏囚。留得青山依旧在，与君烂漫啸深秋。

答友

二〇二二年十月十三日晚

子虚兄晚颂《宝塔经》，问我可否诗录之，凑奉共一笑。

三十三天诸宝塔，摩诃般若遍婆娑。虔心趺坐奇男子，妙觉星河雨霁波。

惊心一夜狂风

二〇二二年十月九日晨

飙风一夜山河改，黄叶飞鸣老翅吟。吾已深同呼啸志，拟将狂笑赠秋林。

争鸣

二〇二二年十月九日

在群与友纵谈，吾不惭而言，权当山鸣秋色吧。

山鸣秋色一天风，溪绕孤亭妄语翁。瑟瑟离枝辞故绿，拼将余力化残红。

梦友

二〇二二年十月六日晨

近来梦乱总思君，尽是山川易感闻。远树依依情沐雨，意迟却见雪纷纷。

新亭对泣

二〇二二年九月三十日晚

西陲锋镝腥风雨，人海飘萍盼已盲。似见沧桑形影吊，新亭对泣渐分明。

打油笑樊兄爱茶不爱酒

二〇二二年九月二十九日晚

樊子嗜茶不爱酒，奢言茶亦醉平生。焉知酒有真人性，无酒人生不解情。

赞秋稠

二〇二二年九月二十日秋日

霜秋已至寒稠勇，争站高枝为怒鸣。万里同声无畏死，浩歌一畅也深情。

见猎心喜步韵唱和周老师《无题》绝句

二〇二二年九月十三日晨

晨霞斜月千峰静，过雨层林老树干。如此重秋能几许？稍皴淡墨驭新寒。

戏耳

二〇二二年九月二十二日晚

秋风起时，子虚兄戏曰即归隐须诗。

寒风凛冽恶枭低，万叶哀鸣入耳凄。扶杖心惊凝立久，百惭无力似醯鸡。

中秋月

二〇二二年九月十日晨

无风无浪无神眷，酣醉迷蒙百世昏。郁气磅礴云帔下，月轮寂望万城喧。

狂风

二〇二二年九月五日

独临小院观风舞，秋叶微黄鸟过飞。飒飒声中鸣不已，长吟为我演天机。

翩然

二〇二二年八月十一日晨

翩然一羽凌荒漠，所见呕哑难掩孤。半世颠沉当自恃，昂扬不作逐流谀。

今晚可纵酒放谈

二〇二二年七月二十九日晚

与朋比酒老长襟，桀骜当初奋臂擒。万里蹉跎争放眼，英年阅历为今吟。

相戒

二〇二二年七月二十九日晨

悲哉相戒愚为首，披发开襟不敢言。狡兔三窟真信有，口如坟垒祷灵幡。

惊艳桂格格旧照而赋

二〇二二年七月二十四日晚

美人玉影埋书箧，旧纸吹尘泛异香。噙笑年华犹去日，柔情谁似夏清凉。

坝上琴声

二〇二二年七月二十二日晨

原上琴声融万象，胸中山水与天风。凭弓数曲挥深意，路过闲云也一躬。

借刘禹锡句赋坝上雨

二〇二二年七月二十日

东边日出西边雨，原上层云四面风。此处人间无火气，烤羊香散醉金盅。

乌兰布统坝上的清晨

二〇二二年七月十九日晨于乌兰布统坝上

山间轻雾漫回旋，梦渚迷青牧草眠。使我平生驰马意，御风吹笛仿飞仙。

又梦

二〇二二年七月十四日晨

惑然梦忆我为谁，静醉江南坐看奇。飘雨烟村栀子巷，心知所愿老成痴。

酷暑

二〇二二年七月十三日

酷暑蝉鸣万里枝，悠悠只黩我亲为。昂头不耐妖虫虐，欲咒秋风绝此罹。

秋意三首

二〇二二年七月一日晨雨

一

寒雨诗人络绎秋，禅心一点欲拈阄。百年长短凭谁断？不尽檐花湿眼眸。

二

淡然心事算行秋，了却蝉鸣絮问阄。虚室开轩风雨过，抚琴更翠一层眸。

三

喧静皆禅八面秋，轻衣云淡戏诗阄。蛙鸣昨夜齐携怒，过雨池塘醉了眸。

夜雨无眠

二〇二二年六月二十八日凌晨雨夜

一

夜雨孤灯相映寂，疑成万里不眠人。一楼心事频催叶，劝止凄声可戒嗔？

二

一滴轻音一叹嗟，轻音檐下雨成洼。轻音使我眠不得，我恨轻音怨满涯。

黄杏

二〇二二年六月十五日晚

黄杏平篮甜且糯，芳邻又赠一年春。心知此味不常有，顿觉浮生种种亲。

暴雨之日

二〇二二年六月十一日

雨意闲中遣祟年，一卮浊酒敬苍烟。天公欲洗人间怨，紫禁城头黑墨悬。

观易英老师、海港兄山中写生并畅谈有感

二〇二二年六月十日

白云虹霁旧时峰，为客裁来画笔浓。芳树不嫌青草乱，一川烟雨释从容。

恐黑云

二〇二二年六月六日雨前

黑云墨雨狰狞啸，怎可凭吾一臂当？咄咄问天天不语，谁怜身陷万千荒。

江南雨中倩影

二〇二二年六月五日晚

平生最爱江南雨，古镇栀丛伴水香。倩影芳姿摇曳巷，同游不忍湿旗妆。

六一

二〇二二年六月一日晨

夜梦昔时鹰隼志，白山黑水少年情。能凭血性驰锋镝，阔句高言骋异旌。

园荫

二〇二二年五月十四日晨

浓绿声中一线光，夺英自醉瓦檐凉。且随泉下悄鸣寂，浅石游禽野草香。

大醉

二〇二二年五月七日

大醉临风木叶旋，霜天重色万花癫。合身只觉行如电，山水环床一地仙。

初夏雨日

二〇二二年五月六日晨

分雨斟茶几页书，天音徐缀似轻誉。两旁喧静夺平野，禅响空庭八面虚。

雾霾天

二〇二二年四月二十六日晨

满城凄雨黑霾天，睚眦强颜忍气咽。路过行人休立目，测酸留下买生钱。

兴至

二〇二二年四月十四日晚

信阳樊兄发宋王禹偁诗句，我一时兴起，步韵属对。

巡江取半用情深，春茗如期待好音。丘壑于胸留片月，溪山便可借禅心。

因白丁香虽美但花季很短而叹

二〇二二年四月十二日

何处哀风染碎云，春晖雨后散微曛。含情凝睇三回首，再看须迎素白裙。

无语

二〇二二年四月五日

万里离情别绪飘，音书只借意夭夭。推窗满眼江湖色，哀此行藏怎细描。

寒食日叹介子

二〇二二年四月四日寒食节

与子相知三十载，绵山一炬亿声寒。千村万姓晨炊灭，心领风霜识此酸。

注：介子，即介子推。

踏青

二〇二二年三月二十七日晨

辛夷弯瓣拂轻梅，更有梨花带怒开。杏雨千山香兑酒，此时不醉信无才。

春悲

二〇二二年三月二十二日晨

柳丝轻漫鹅黄趣，感慨原非为我盈。也是春风吹拂客，春风不老笑苍生。

春晚

二〇二二年三月二十日晚

破灯拓片五车书，落日春晖绿草居。千万思潮无去处，腾身伴月一天疏。

晴雪

二〇二二年三月十九日雪晴日

春山西望欻然啸，述道由心野雪酣。未识鸟鸣衣自振，诗情犹让赏晴岚。

雨夹雪·愁思

二〇二二年三月十七日

愁思伴雨雪临身，澹荡微吟一念春。细数生平千首赋，残梅花瓣委凡尘。

雨

二〇二二年三月十二日于大兴

初春第一场小雨，北京街上女子已迫不及待地轻衣装扮了，和平真美。

春雨绵绒酥入骨，轻痕十步软衣香。层烟如遇茶花梦，俏色枝前细语妆。

微雨燕欲学烟解忧

二〇二二年二月二十四日晚

沉沉漆雨危栏暗，烟烬微明一点星。只恨无能驱子夜，含香慢踱小山亭。

雪日

二〇二二年二月二十一日雪日午

适才听歌，随口而出八个字『雪日，歌声，缠绵，悱恻』竟暗合格律，遂雕缀而就一绝。

雪日书扉细数花，歌声若蝶逝窗纱。缠绵之意微如醉，悱恻飘焉一手茶。

冻梨

二〇二二年二月十三日大雪日

雪日安家解冻梨，柔酥白软糯甜泥。冰凉一勺心尖颤，再舀清香眼醉迷。

春气

二〇二二年二月十一日

野水高林风尚厉，浮冰荫蔽白凫喧。养愚欣至寒塘侧，执想巉岩喜慧根。

某女怒骂

二〇二二年二月七日晚

长发轻盈窈窕肢，樱唇微启未含痴。弯眉一展歌喉恨，叱骂人间鬼魅姿。

诗为小技尔·答朱强兄

二〇二二年二月六日初六

大吕洪钟均可毁，雕虫小技岂须藏。出门惭望铜驼巷，羞与山翁共稻粱。

唐玄宗

二〇二二年二月五日初五晨

鼓乐喧阗礼博冠，九开宫殿驾龙銮。香烟五色雷音动，宁是玄皇祷国安。

香影

二〇二二年二月一日初一晚

香影花馨愧色难，怎堪空作醉乡宽。红酥手腻双鬟暖，泯笑含痴默默看。

作除夕守岁句答众友贺

二〇二二年一月三十一日除夕夜

才入虎年心浩荡，登高踞望海扬波。但思姑射晴浮雪，看碧成朱亦可歌。

甚盼

二〇二二年一月二十九日

本欲携子滑雪，却人山人海，转道去大觉寺爬山，人迹罕至。第一次见到跑山者，不禁生羡。

清祠残雪晓风泠，冻鼓冰钟白日宁。詈恨山溪嘲我老，岩前吾子正遐龄。

偶与唐女谈诗

二〇二二年一月二十八日晚

偶滞诗思因路远，临窗残雪化春梅。斜阳万里飞孤影，乌鹊纷纷枉费猜。

镇江亚鸣老师晨发伴山堂蜡梅照，甚美而赋

二〇二二年一月二十五日

半曲幽香月下逢，山堂候雪遇从容。忘忧只借溪亭侧，浊酒三杯玉色浓。

金城异人志

之一·二姨

二〇二二年一月十七日晚

日常细碎街头巷，烟雨潇潇八尺楼。曾有良田千顷地，红潮卷过欲无求。

之二·小兵

二〇二二年一月十八日

彼曹厌世未无情，笑骂诸生酒纵横。独立皋兰轻得失，怀人雪夜亦深鸣。

之三·王祖国律师

二〇二二年一月十八日晚

大岭高原气若虹，王家代有傲人雄。八荒万讼皆吾事，千里浮云在眼中。

之四·陆老

二〇二二年一月十九日晨

逆旅平生渐觉亲，瞧峣绕指友朋真。吾侪老更人争颂，樽尽求知为育仁。

之五·英子

二〇二二年一月十九日晨

有才怎若人骄傲，斗酒无输冠带羞。一笑拍栏枝乱颤，难能庸辈入星眸。

之六·马宝儿

二〇二二年一月十九日

芙蕖一朵醉含香，乍入风尘厌素妆。自恃绮怀惊俗念，凡夫再遇手挥枪。

之七·海军

二〇二二年一月二十日晨

川上放歌诗万泽，亦觞亦咏罄千杯。秦腔一曲悲凉调，三十年来独自徊。

之八·文君

二〇二二年一月二十日晨

衣宽雨细竹青青，携杖孤行拓石铭。海内无君无雅趣，子猷访戴唤刘伶。

之九·丽姐

二〇二二年一月二十日

天生丽质韵如弦，抿笑簪花制画笺。一片秋云连碧雨，东坡酒肉换诗篇。

之十·兵

二〇二二年一月二十日

多番雪域共蹉跎，沧海桑田述挽歌。俗世鲸鲵游巨尾，腾挪只在落霞坡。

之十一·桂格格

二〇二二年一月二十日（《金城异人志》至此毕）

红袖扬眉钟鼎世，宫妆袅袅自娉婷。镜中何必描温婉，只许大真近玉馨。

惊友深情致小兵兄悲戚

二〇二二年一月十五日于兰州

夤夜临窗叹友情，无端落寞放悲声。君痴何忍轻留我，愿共三天泪雨倾。

爱书美女

二〇二二年一月十一日晨于甘肃卓尼小城

今晨惊见某女一头长发变短发，疑问。其回我言：『长发飘飘不如将之换套古书。』吾甚憾，遂劝赋。

一襟青雾珠帘嗅，笑挽流苏度曲姿。卖得长鬟赊句读，书香哪有发香奇。

甘肃卓尼小城山环水绕，润雪绵绵，几疑身在江南小镇

二〇二二年一月十日晨

润雪绵绵两岸声，白墙灰瓦彩旗旌。缓山烟水茫茫意，如梦江南细雨鸣。

高原感怀

二〇二二年一月九日晨于甘南碌曲县

天地苍凉人独立，沉云在侧不能扶。风流自有长林理，最是多情一介儒。

大黄茶，还是茉莉花茶？

二〇二二年一月五日晨于果洛藏族自治州

清晨沏满大黄茶，又想花香茉莉芽。犹若严寒难忍地，翩然一羽小霓纱。

青藏高原

二〇二二年一月四日晨于果洛藏族自治州

一线远岚追雁序，黑牦散落雪如涛。由来旅者悲天地，寸缕心音万木号。

青海同德奇景如幻感怀

二〇二二年一月二日晨于同德

意绪圆融无内外，苍茫原上古人行。飘山云暗凌空步，在侧霞芬漫雪旌。

二〇二一年

青海贵德雪景

二〇二一年十二月三十一日晚

不知何笔绘山陵，远水掺云落九原。酣醉忽听歌又起，围炉拥雪酒三番。

右玉之冬

二〇二一年十二月二十四日圣诞前夜

默语群山对一骑，青天黛黑少神驰。欲将诗句和心照，借予峰峦舞妙姿。

壮行

二〇二一年十二月二十三日

一人孤驾辟荒川，仍觉多情未减癫。朔地长风吹片雪，梨花漫舞过车前。

解郎之死

二〇二一年十二月二十二日晨

潮兴终有落潮时，江上潮儿曼妙姿。莫谓时哉狂虐我，当初跋扈笑天疲。

阮籍

二〇二一年十二月十七日晨

心中郁结充天地，一眼平川满目氓。借汝之杯浇块垒，三坟五典做肴羹。

日本枫叶

二〇二一年十二月十一日晨

冬日晨叹阿进兄所拍日本秋色尚自浓郁，一苇兄也说江南亦未寒冬，美之矣。

红叶飘零萎地昏，残阳半缕探游魂。野亭秋色留三里，花落潺溪尚自喧。

啼笑皆非

二〇二一年十二月十一日

万物皆思正，缘何尽畜鸣？柴门多吠犬，落雪没荒城。

似有雪来

二〇二一年十二月七日大雪日

大雪日亦隐问何无诗，吾言无雪奈何，遂乱翻书，心忽一动，乃赋。

大雪之期无片雪，旋如冬夜少嫣然。佳人令赋堆盐曲，把盏东篱试拨弦。

读罢

二〇二一年十一月二十九日晚

群星璀璨冥鸿去，孤影云河伴月升。万虑纷纷如雪落，无音上界玉人应。

沮丧

二〇二一年十一月二十八日晚

江湖渐不闻人语，满眼枯山雪后风。往者百忧成一噩，旧猜唯恨尽言中。

行为艺术

二〇二一年十一月二十二日晚

某女发图，为电影学院学生自囚于宠物铁笼，题字曰『非必要不出笼』，笑而成一绝。

迅翁昔日尚徊楼，言塞而今效死囚。睁眼出笼非必要，铁栏能阻我辜雠。

读一文拍案叫好，想起庄子《庖丁解牛》

二〇二一年十一月十九日晚

技经肯綮砉然向，切中千牛义利全。虚目从容挥一刃，世间多少算翩跹？

暴雪

二〇二一年十一月六日晚

雪似狂飙风裹雨，冰碴掩镜恐车行。茫然吹破残秋梦，觳觫还看一脸霜。

有女

二〇二一年十月二十八日晚

有女柔颜桂子邻，栀花雨后恰逢春。一生想作江南客，不意从来是北人。

微香

二〇二一年十月十一日晚

晚来无事，相机拍一瓶花发给朋友。某女追问香否，吾答微香，觉有趣，遂赋。

秋色微香容小醉，如霜花瓣逸轻罗。卿眠不愿人惊醒，半缕嗔吟已似歌。

秋读

二〇二一年十月八日晚

乱世纷纭无俊物，飞花趺坐任天蓝。吟玩日没吾不喜，所悦唯书用笔谈。

随叹

二〇二一年十月一日晚

子知鱼趣安知味，野菊残花岂望香。侥幸星河聆一语，才堪掷笔可怜狂。

不二语

二〇二一年九月十九日晨

不问不闻不二语，大言欺世事寻常。劝君焚尽无名妄，结客轰吟更举觞。

十渡大醉

二〇二一年九月十六日晨于十渡

山中一醉至天明，只见窗前碧水横。满耳啼鸣疑问我，贪杯酒后可能行？

晨梦

二〇二一年八月十七日晨

梦里有人寻我赋，琳琅满页尽珠玑。草堂秋雨犹花舞，一曲清波万亩霏。

高原回望　二〇二一年八月二日晨

高原因赋风云险，梵域清音缭绕间。忽忽东南沉暮霭，苍然一叶是西山。

过唐古拉山口　二〇二一年七月二十九日于唐古拉山

冰峰连宕孤云卧，众水平川路断行。一米天高无妄语，轻浮恐被小神瞠。

西宁酸奶　二〇二一年七月二十六日晚

雪脂平勺覆金霜，玉嫩柔清透骨香。惹得吾儿倾口赞，不辞明日更来尝。

雨声　二〇二一年七月十二日雨

小园湿竹临轻雨，点滴频敲石上鸣。空翠含烟灰瓦绿，扶摇宛若语多情。

与王兵兄、文君兄雨夜纵酒畅聊　二〇二一年七月六日晚

酒益喝高情益切，方今对境慰斯人。聊堪大醉驱心苦，一世朋交蔑俗尘。

雨后　二〇二一年七月四日晨

有雨湿街蛙乱跳，灰鸦聒噪闹窗前。清晨最恼先啼鸟，追逐斜飞扰我眠。

酬子日本料理店　二〇二一年六月二十九日晚

与儿日料一番聊，头白仍须寄望骄。无限红尘能识否？知难行易损于飘。

醢鸡　二〇二一年六月二十六日晚一笑

所云皆史评风物，修业粗能说辩思。敢尔醢鸡轻不逊，无知也摆凤鸣姿。

怀记好文群，与诸兄畅聊　二〇二一年六月二十二日晚

抒怀聊以慰忧心，世事参商总汗涔。如使今年无大错，明朝携酒放歌吟。

情事诗八首

二〇二一年六月二十四日

之一·情误

情到深忧莫比昏，王郎无错亦缠冤。凄然苦笑难成辩，南去清风可带言？

之二·情寂

春风吹乱佳人笑，寂寂山亭半面空。落满桃花三百里，青岚迢递雨蒙蒙。

之三·情怔

落花心绪寻平淡，感慨今宵又为卿。怔目欲穷南去路，青山一发大江横。

之四·情灰

逃情一事类修禅，只把灰心汇简篇。守默无言非是病，豁然动念若琴弦。

之五·情止

犹闻淅沥雨淋窗，浩浩苍苍锁郁腔。乍喜还忧门外事，环飞白燕欲成双。

之六·情隐

一瓣花开六瓣心，丁香空结雨中吟。光阴兑酒能容愧，怅惘无名隐白襟。

之七·情识

昨谤今夸已介愚，能宽且放去时迁。秋红一叶苍茫色，才识风云慢怠吾。

之八·情去

心如残叶迎人笑，长伴寒鸦万点青。也尽风流痴一世，夕阳无限忆娉婷。

读朱光潜先生《有趣的灵魂都有静气》一文有感

二〇二一年六月十九日夏午

处世难能鸣静气，深知死别逸琴声。飞花弥散喧阒后，又是秋凉一脸荣。

观书

二〇二一年六月十八日

南柯一梦梦中君，斧烂多回不敢闻。弈局才刚投数子，脏唐乱宋已纷纷。

端午粽子

二〇二一年六月十四日端午节

绿糯甜香祭楚才，颉颃不屑嫉臣台。汨罗逝水君应在，风骨铮铮敬此杯。

白雁　二〇二一年六月十二日晨

长空最是容千绪，一阅青山忘古今。白雁三声能喊泪，眉头不展猛撕襟。

黑白颠倒　二〇二一年六月十日晚

是非黑白仍颠倒，不信荆榛漫世间。前度心酸金瓦坠，铜驼绿锈正潸潸。

书房　二〇二一年六月八日晨

每入书房心必喜，山间怎有墨凝香。新诗莫遣人来谢，兴至能挥字百行。

束脩　二〇二一年六月七日晨

欢颜才获束三脩，忽见山妻目色柔。挥汗急交阿堵物，举杯尽饮语无愁。

注：阿堵物，钱。

散袖

二〇二一年六月六日晨

散袖擎书心不语，青灯古佛木鱼声。人情坐阅仍含泪，却念梅枝岭上横。

赞无用之用

二〇二一年五月三十一日

公卿福禄无缘分，田垄英雄望雁愁。苟使人能同富贵，颉颃谁愿躺平头。

题孔宁玫瑰城堡时装秀

二〇二一年五月三十日晚

锦瑟如云难尽画，芳霞慰眼乱轻纱。香风漫舞增谁艳，最是庭前秀手花。

江南书友晨告拙册已获，一喜

二〇二一年五月二十六日晨

清晨双燕好啼声，争报江南笑纳情。一院花香分意外，书笺急剪赖窗明。

山溪

二〇二一年五月二十四日晨

翠木参天环野趣，山溪一径鸟声幽。梅花魂已凋无数，我亦欣然驻小舟。

憨儿

二〇二一年五月二十二日晨

憨儿初次临摩荡，瓢饮新鸣舞雩春。娘语叮咛千万嘱，山河翌日不逡巡。

远聆

二〇二一年五月十九日晚

夜酒归来心皎皎，似聆丝竹正孤鸣。轻弹淅沥听微雨，月色团团寄与卿。

无题

二〇二一年五月十三日晚

文可通犀非小乐，心光点慧意游空。江边吟首青莲曲，伊在楼台细雨蒙。

风夜

二〇二一年五月七日夜

夜沉音重风飘瓦，冷榻无眠数碎铃。慢抚残编尝有愿，焚香膝坐待晨星。

寄望零零后

二〇二一年五月五日晚

海内文风仍俗鄙，如聆胡鲁郁愁肠。未来应可期儿辈，不耻人前久稻粱。

为汝

二〇二一年五月五日晨

唯真唯识自由心，竹雨三杯为汝斟。就算人间荆棘密，尘埃不让落青襟。

见若兮友赋落花，喜而唱和

二〇二一年四月十六日晚

片片飞花拟落魂，飘零不待丽人存。一层新雨春将去，密绿荫浓淡月痕。

说诗意为先字付诗人漫步

二〇二一年四月十二日晨

春鸣叵耐藏深涧，得得牛车载暮归。若道桃源无隽秀，焉容五柳一身晖。

述我怀答友

二〇二一年四月十一日

我怀孤揣入书边，时有清音伴妙弦。春雨八方环揭谛，胸中最是白云天。

再读杜牧《阿房宫赋》

二〇二一年四月九日

秦王万虐揭竿敲，不绝之声似在哮。海内威临轻草莽，项刘已站路边嘲。

清明叹李白之伪口占

二〇二一年四月三日晚

清明絮雨无端至，云想衣裳花想容。李白之心不在酒，在乎缨冠列从龙。

家山无虎乎

二〇二一年四月三日晨

家山才叹无真虎，就有冯河攘臂来。揉碎花枝呈陛下，唐王也笑太悲摧。

清明

二〇二一年三月二十七日晚

杏白如烟雨断魂，桃风吹染落樱痕。两峰叠翠山泉响，争劝游人宿小村。

甲午君臣

二〇二一年三月二十五日晨

甲午嗷嗷争血战，应然只为耿邀奇。文痴武惘苍生戚，畏葸山河遍祸罹。

商纣

二〇二一年三月二十五日晨

罹乱劫前妖气重，纷纷白脸扮净臣。曾焚商纣灵台火，都是公卿暗点薪。

扬州瘦马

二〇二一年三月二十三日

瘦马扬州斜月远，萧娘粉黛挽西湖。春江点点青鸦色，最解张生是酒徒。

示儿

二〇二一年三月二十二日晨

些许担当能负任，出奇岂以逞荒唐。戒持无信筹方略，试为襄公进一觞。

夜雨温酒

二〇二一年三月十九日夜雨

夜坐临窗温老酒，风摇竹影冷江湖。一杯一粒花生米，手捻书香买醉儒。

夜雨

二〇二一年三月十九日晚

春雨和风湿白头，回身伏案欲无求。明知淅沥催人老，簪把梨花笑煞愁。

自嘲

二〇二一年三月十七日晚

看似欣然若散仙，实而困蹇百忧缠。悠悠未了书生气，万古存心益醉前。

春雨

二〇二一年三月十二日晚

春雨涔涔透体寒，孤灯夜洒影蹒跚。山溪明日知谁到，千树梨花备我观。

无题

二〇二一年三月十一日晚

笔砚藏书累一生，形容枯槁悻无争。心间积雪三千丈，煮酒方能化风鸣。

不愿

二〇二一年三月十一日晚

不愿不闻不问春，春风休慰万家嗔。应知临老颜趋厚，百喟江湖剩一鳞。

忆昔

二〇二一年三月六日晚

忆昔瓷缸撞酒时，披星戴月纵危骑。野风深草能当被，晨露沾衣始觉奇。

初春·雨雪

二〇二一年三月一日晨

春云易散雨斜飘，雪扮梨花似太娇。枝上祈留香一瞬，再归应是待山凋。

元宵节后

二〇二一年二月二十七日晨

上元灯节琴已谙，心意阑珊去事耽。匝地春风融旧雪，沉吟排闼恐新惭。

春风

二〇二一年二月二十七日晨

新花烂漫迎人舞，横扫春风遍地菲。撷取一枝能慰否？万声齐道莫言归。

吾有

二〇二一年二月二十七日晨

吾有心声能共籁，春鸣处处见深情。无须对坐才知己，一瓣花开是我旌。

狂吟

二〇二一年二月二十七日晨

狂吟几句方称意，略压春风一白头。愿在花前多置酒，岂能尽数被花羞。

忽念故旧沮丧

二〇二一年二月二十二日晚

一

春风入夜梦魂乡，忽忆当年语断肠。月下缟衣安在否？模糊双鬓似添霜。

二

酒醒犹徊那泪光，春花夜色共梅娘。一溪明月双清影，只见残红缀晚妆。

抢把春风带醉归·辘轳体

二〇二一年二月二十日

一

抢把春风带醉归，归来趺坐雨霏霏。陶篱莫信无花伴，小院丁香碎落衣。

二

闲庭信步任心飞，抢把春风带醉归。一梦江南千里绿，那堪细雨换斜霏。

三

酒后不知何处境，山河颠倒路横飞。眉攒万里如轮转，抢把春风带醉归。

晨起吃元宵

二〇二一年二月十八日晨

糯软甜香惹月痕，春山积雪桂花魂。千家笑语浓不散，一过元宵又一番。

辛丑写福字

二〇二一年二月十七日

劣子涂鸦敢动鳞，迎红纳福送瘟神。才堪总角仍须待，不掩葱茏气已氤。

口号说雪答友

二〇二一年二月十五日晚

雪是飞来物，无声似有情。停枝犹一瞬，竭尽数生鸣。

对青木说所谓伤情

二〇二一年二月十三日晚

一瞬匆匆能几载，少年荏苒至苍头。伤情本是寻常事，要许轻吟慰晚秋。

新春怀旧

二〇二一年二月十一日除夕晚

新春渐入旧年声，一望江南醉远晴。好梦犹徊浑已在，白衣隐若淡香盈。

春

二〇二一年二月五日

向寂求声效苦僧，潜春微动化檐冰。空天细看无长物，只是莺啼杂鸟矜。

无题

二〇二一年二月二日晚

一江轻雨春萧瑟，含郁佳人渺去痕。帘动犹疑嗔尚在，憔容不解问空门。

杜甫

二〇二一年二月二日晚

望岳登楼谪庙堂，南归白帝赋凄凉。茅庐冻骨仍多傲，能叱严郎不进觞。

李白

二〇二一年二月二日

狂徒白也蔑阉权，斜睨无人可比肩。仗剑出门长笑去，诗才却误羡腥膻。

醉话

二〇二一年一月二十五日晚

转过天才无酒气，三摇一晃恍如仙。卧床默数星辰醉，日月行空也放涎。

步韵依然女史·唱和腊八节三首

二〇二一年一月二十一日晚

一

关山横白水，击鼓效封侯。燕赵多悲士，分吾醉眼眸。

二

惊涛凶岁骇，时疫藐公侯。羁绁如愁旅，千言止在眸。

三

千尺桃花幸，汪伦送李侯。是非浑俗趣，常愿在清眸。

犬子十五岁生日无所赠，唯书片语勉励

二〇二一年一月十六日晚

世情闻达以天诚，积步登山育傲声。绝顶初晴无一物，豁然不见岁峥嵘。

冬日·竹林

二〇二一年一月八日晚

开门独饮懒多闻，风后残阳淡淡云。人满江湖均落寂，黄公垆坐每思君。

行云

二〇二一年一月八日晚

行云过顶似轻霞，仰看常思为我槎。挥手一联香雪句，凭风寄予岭南花。

闲话

二〇二一年一月六日

与谌宁生兄闲谈，兄言『生生出世生生入，净土犹心一念间』，吾甚喜，为之续。

黝黯江湖明灭志，存乎何地慰衰颜。生生出世生生入，净土犹心一念间。

夜月

二〇二一年一月五日凌晨

总道酒能销恨事，兰襟一醉漫相看。只知别有山川月，不弃不离共轻欢。

其实

二〇二一年一月四日晚

说『其实』，其实无奈作答，晓灵友欲详道『其实』，便不解也罢。

其实我神多抑郁，说与吾友费青丝。聊为戏谑山林客，抱膝临风且一卮。

随感　二〇二一年一月三日晨

晨起观山林，群里昨夜话题煞是热闹，不觉随喜戏谑数句赠丰润兄，并附续朱简兄戏句『是非不在发狠嗔，何必挥刀太瘆人』。

一

挥刀斩却是非根，零泣山林不忍喧。流俗焉能多撼汝，沧波坐越独销魂。

二

是非不在发狠嗔，何必挥刀太瘆人。莫若长鞭三百击，中原直挞劈龙鳞。

二〇二〇年

寒冬

二〇二〇年十二月三十日晨

高天旭日万音寒，枯柳残枝瑟瑟干。路上无人轻露眼，朔风飕脸扑冰丸。

感亦隐《过桥忽忆古采石矶》而唱和

二〇二〇年十二月二十八日晚

采石矶前今古变，激漩千里草随流。残阳有意荣枯骨，逝水溶溶两岸秋。

科举

二〇二〇年十二月二十七日

魏晋矫情唐宋雅，公卿不让小民缘。贵门常在无寒士，杜李苏黄共泪涟。

忌日　　二〇二〇年十二月十七日晨

松下年年此际娟，白花无主只翩跹。敲门夜半呼鳏寡，掏五分还夺命钱。

冬日叹被剪翅天鹅　　二〇二〇年十二月十六日晚

剪翅天禽木若鸡，胸中块垒不能嘶。雪埋弹铗无鱼客，冷眼轻嘲雀鸟啼。

叹龟　　二〇二〇年十二月三日晚

龟纹八卦材，昂首佐灵台。卜筮烧君骨，非为汝有才。

有女带发出家，集诗自贺，凑趣一首　　二〇二〇年十二月二日晨

出尘不作毗卢想，百衲纱缁宝相光。一笑拈花灯皎皎，青丝几缕掩羞妆。

冬雨　　二〇二〇年十一月十七日晨

冬雨迷蒙漫树岚，湿芬疑似至江南。断魂黄叶沾人面，未见栀花意不甘。

江南雨

二〇二〇年十一月十七日晨

烟树江南细雨妆，江南一梦十年伤。此身最合江南死，栀子花香醉两旁。

揉睛

二〇二〇年十一月十二日零时

揉睛读罢慰秋芬，袖手临窗忆我闻。深夜无眠非为酒，避人多处想诗文。

吾爱人情甚于爱钱

二〇二〇年十一月八日晨

中华自古慰人情，未必人情只是氓。要借宽容多一善，才知生命爱轻盈。

洗尽

二〇二〇年十一月二日晨

宫门锦绣御沟银，红烛遥帷启艳唇。秋色疏霜裳舞罢，铅华洗尽识天真。

对小乔说我喜藏酒

二〇二〇年十一月一日晨

自诩老饕深爱酒，金鞍遍买九州醪。他时雪满山林暗，把卷高居不忍豪。

萧索心情

二〇二〇年十月三十日晨

萧索人行汇一街，秋风隙里滤情怀。天香偷借潇潇雨，乱至心头润百骸。

记挚友自江南酬寄我新茶，感念口占

二〇二〇年十月三十日

新茶一缕犹心颂，惜少佳词谢暖情。袅袅香风游布袖，野夫怀抱感微醒。

忽而苍然

二〇二〇年十月二十八日

苍然泣下畏秋燃，落叶谁言少我怜。满目稠红无翠染，茫茫尽在眼前悬。

唱和

二〇二〇年十月二十二日

忽尔飘零黄叶落，相思同在百年秋。无边心事辞青发，也共天涯到白头。

与子闲聊

二〇二〇年十月十九日晨

闭关三日楼中隐，与子时时共话长。欲就平生嫿狡侩，博知许汝驭真翔。

秋日三题

二〇二〇年十月十六日

一

秋阳之侧人如梦，暖日游风过隙声。我品飘零无尽意，真真假假误平生。

二

最喜客来同赴醉，沉酣秋色忘残年。愚翁人羡无怀抱，疏雨藏吟不愧天。

三

常思北地居不易，封舌惭颜五斗腰。何日避人如脱兔，胸中丘壑任诗飘。

软酥梨

二〇二〇年十月十日晚

茶间端上软酥梨，罢读停书羡赏赍。常啖三枚香嫩果，西湖歌舞亦不迷。

说人生答友

二〇二〇年十月七日晚

人生究竟为何匆，跌宕盘桓百岁功。转瞬春花开几次，闲愁散尽郁藏空。

京郊爨底下村

二〇二〇年十月七日凌晨

携子寻幽踏远程，寒村夜半阒无声。酒旗灯下听秋序，小院星河向北横。

嘲中秋

二〇二〇年十月一日中秋节

郁意中秋正雨涟，相逢拱手拜团圆。月明云外干卿事，千载姮娥未脱单。

孤立

二〇二〇年九月三十日凌晨

夜静不眠唯素月，寒光万里洗风烟。恨无尘外人孤立，玉笛声微入画笺。

夜有雨

二〇二〇年九月二十八日晚忽雨

柳丝长缕飞秋意，不似春风拂嫩黄。小卧回廊听雨沥，添衣无绪让轻狂。

秋烦

二〇二〇年九月二十八日晚

袖中长按诗三首，不到堪言不欲言。恨把秋风吹我发，何须屡报又增烦。

二〇一九年

乱中

二〇一九年六月二日晚

一语千思万绪萦，个中滋味隐心明。苍云石壁徒增乱，参透枢机以慎清。

青年须干傻事

二〇一九年六月二日

青年不解拏云志，莫怪秋声万叶黄。一老蹉跎无所忆，涕零当日少荒唐。

红雨

二〇一九年四月二十日

彤云接霭郁青宵，叠次层楼胀眼飘。一道晴阳犹破阵，红霞映木雨潇潇。

谷雨获雨

二〇一九年四月二十日

谷雨如油育万生，清徐次第入浓菁。茶芬若篆飘神寂，檐落当歌笑一声。

篆：香篆，焚香时所起的烟缕。

春思

二〇一九年四月十七日

偶赋春思，虹晨说喜欢，就借花献佛吧。

浩荡春思云万里，逍遥一笑抚晴岚。试将文字酬花事，意到无言总自惭。

稚子

二〇一九年四月十三日晨

稚子初尝春气涩，喜忧参半抱沉容。十年林木嘉桃李，犹恐莲池雨意浓。

无题

二〇一九年四月十二日

轻吟浅唱繁花梦，绝似灵颜舞媚娇。牙板密敲身已腻，男儿喜作女蛮腰。

也论诗意与诗词格律之关系

二〇一九年四月十二日

戴枷而舞气如虹，四面春鸣百世风。句法源波巡浪卷，文章白与鬼神通。

春雨

二〇一九年四月九日晨

夜雨轻临若食蚕，兰香悄落翠新酣。清心不忍听花语，激论春归欲与谈。

美女秀

二〇一九年四月九日晚

赞孔宁家每年一度春季古典美女时装秀，流光溢彩煞是养眼。

美人如玉惑梨花，湿柳飞红拂晚纱。冷翠兰窗推笑语，宫灯两队若春霞。

春夜读书

二〇一九年四月七日夜

闲思有待郁翻书，数段春风乱我居。万里云烟明月夜，山河白卷益重梳。

酒情　二〇一九年四月四日

感贵州友厚爱寄来三十年老酒，无以为谢，小诗一首感怀。

酒寄江南倍感情，白云青嶂隔千城。一瓶蓝水溶苍黛，尽是君前欲落樱。

无题　二〇一九年四月四日

戏拟五绝一首，赠青山与麻三斤二兄。

青山隐隐遥，古刹小蛮腰。双影离墙后，不羞醉夜宵。

怀柔晚归即景　二〇一九年四月二日晚

春色渐沉归碧水，黄昏最是惹人愁。无言容对千峰晚，一缕寒阳挂树头。

春日至张涛怀柔水库畔别墅口占之一　二〇一九年四月二日

百杏倾坡次第开，奇珍野趣漫山栽。城中四月春啼尽，怎料飞鸣此处来。

春日至张涛怀柔水库畔别墅口占之二

二〇一九年四月二日

天清可漫数生欢，四面环山水一栏。欲写春风无尽意，尝知笔椽少龙蟠。

隰栝麻三斤兄小诗

二〇一九年三月三十一日

谁挥白羽拭青轮，暗火轻呼遍冷磷。一点无眠歌永昼，荒林沉梦水氤氲。

失眠

二〇一九年三月三十一日凌晨三点

清思凉夜育晨声，霜月残星惘罩城。辗恻不眠书四壁，悠悠浮载到天明。

灵识

二〇一九年三月三十日

灵识悠浮如雨意，飘摇失路最沾人。翳然若感林风聚，花过青袍向水滨。

春天与光子与雨与诸友乱谈春天口占

二〇一九年三月二十八日

春光春雨春花俏，青絮轻烟逐笛声。赖有霜风空晚郁，非关春恨莫春鸣。

戏剧与春天口占　　二〇一九年三月二十七日

环睹青春唯浪漫，诗行只为我心狂。凭栏一亩荒蒿地，草长莺飞字两囊。

海子忌日再读《面朝大海，春暖花开》　　二〇一九年三月二十四日晚

春暖花开朝大海，从今许作砍柴人。山河要写新名字，尘世不容泣泪频。

章武兄适才对我说择日北上赴会，占此　　二〇一九年三月二十三日晨

择日北行当赴会，添茶静候预花开。应携满树山桃趣，一路轻风并雨来。

五律卷

二〇二三年

大风之夜吟

二〇二三年十一月二十三日晨

夤夜持灯坐，萧然瞩目荒。寒风飘杂梦，竦耳聚苍凉。冻乌悔无志，鸱枭乱倚墙。肯将心寂寂，天醉任他狂。

辘轳体续吾昨日《大风之夜吟》

二〇二三年十一月二十四日晨

晨与魏本兄又论及自由。吾言：『真正的自由，解释起来没那么复杂。无他，独立思考而已。』

天醉任他狂，涵真落日霜。山楼惊俗眼，烈曲染霓裳。大笑江湖瑟，徐怜怀抱猖。有情堪独舞，岂叹唳声长。

嘲谑时贤

二〇二三年十一月二十日晨

秋鸣天易老，稂莠遍匡庐。脱裤听驴响，封肠捋史书。卜先龟墨画，灾沴竖人躇。霜叶拼红雨，涕声伴雪舒。

附力香友妙解诗意

秋鸣天易老，稂莠遍匡庐。脱裤听驴响，封肠捋史书。

——讽刺时贤效仿古人？封肠似出自《汉书》。

卜先龟墨画，灾沴竖人躇。霜叶拼红雨，涕声伴雪舒。

——卜先龟墨画，这句很酷。龟墨画似出《尚书孔氏传》，卜卦的意思。

——灾沴竖人躇，灾沴是天灾，出自《诗经》。灾难之年唯有小人才会踌躇满志。

——霜叶拼红雨，霜叶如同红色的雨，使劲地下落。

——涕声伴雪舒，涕哭声因为大雪飘飞舒展飞扬，大雪飞扬中隐约有哭声之类。

整首诗动静搞得很大，不是一般小嘲讽，而是很大声地上天入地考古至今引经据典，总之，天老红雨雪涕，将时下装神弄鬼失望至极的心境表现得淋漓尽致。

立冬日　　二〇二三年十一月八日晨立冬

俯仰多陈迹，秋云入夜孤。佛前香一炷，灯下酒三壶。散觑禅思重，倾吟木落殊。山枯犹戴雪，怎不醉江湖。

附王晖兄赐和《五律·次韵和牧文老师立冬诗》　　二〇二三年十一月七日

弹指韶光尽，秋残暮影孤。清晖分燕侣，浊酒暖冰壶。世变风尘重，时移脸色殊。此中偷一醉，犹得傲江湖。

试秋禅之悟予阿晖兄　　二〇二三年十月九日

八面叶飘阄，云驰过响秋。旷原千佛笑，狷客一层楼。展席徊风语，轻颜辨己囚。惠能不识字，才释四方啾。

大风吟

二〇二三年十一月六日晨

昨日冬雨出行，漫天落叶。不想一夜大风，天蓝如洗。大好秋色。

才临冬日雨，今又断肠音。蛱蝶拟飘叶，红衣似幻吟。风吹三万里，情欠一朝深。阶上繁秋泪，浓黄淡绿金。

冬雨日驱车穿行于秋叶飘零之都而占

二〇二三年十一月五日

孤行心茕茕，冬雨湿含羞。黄落繁天唱，红飘葬世求。频频巡过隙，悒悒势惊眸。老杜怔无语，乾坤日夜流。

粤友入山寻幽探秘发清溪图甚美感赋

二〇二三年十月二十一日

山岚拢翠秋，细雨贵清幽。草履随缘至，鱼竿瞧准投。不期多识字，耽想遇深眸。无数烟波事，喃喃伴语柔。

余醉

二〇二三年十月十三日夜

忧纷常失语，瘦句不曾描。欲借牛山涕，新怜木立宵。无弦能慰我，展纸怕衰憔。余醉心幡动，江湖却寂寥。

假期郁坐

二〇二三年十月四日晨

郁坐悠思盛，天涯处处招。往来三万里，惜得一行邀。何处觅深意，无如治泪飘。秋山辞候鸟，落叶谢迢迢。

中秋夜吟

二〇二三年九月三十日晨

秋光千里瑟，衣上浸寒晖。忽忽如经醉，停停若将祈。悲欢无可论，荦确预知机。五百年今夜，诗人必泪挥。

长叹

二〇二三年九月二十三日晨

国人善以道德入学术，此其弊也。殊不知动辄跨界指摘，实堪笑也。

无为识老惶，却望抱奇香。思得长鲸跃，星垂赤壁霜。江湖容妄想，巷弄妒心昂。万里中原鄙，皆因道德依。

秋思寄友

二〇二三年九月十三日

白日独登楼，轻风渐不柔。时时经落叶，处处揽愁眸。转觉开颜好，情纷忆昔秋。美人频醉舞，稍近有香酬。

随感

二〇二三年九月十日晚

秋日见猎心喜次韵小鹿教授《教师节步韵张萍诗人》。

焚书憾史乖，谗妄寿蓬莱。可笑粗胚货，封秦燕子台。舞雩萧瑟泪，叹息谪仙才。罪士呼不起，蝼蛄万世槐。

注：燕子台，在华山。

附小鹿教授原玉《教师节步韵张萍诗人》

二〇二三年九月十日

佳节蕴情乖，任谁娱老莱。难离黄土地，不去赤金台。系胆三观客，奉心二杆才。如冰秋月朗，绛帐一枝槐。

天醉

二〇二三年八月二十八日晨

北音惊鼓角，祸衅噬脐愁。不警西陲乱，徒清海内喉。长林遮眼恨，秋网苦情囚。天醉风徐起，孤心欲解舟。

羡友

二〇二三年八月十六日

老友多游外，飞扬跋扈行。等闲山海跃，相对酒卮茕。耳畔梅花响，身边冷月横。高歌弹剑铗，倚柱想狂旌。

猴冠

二〇二三年八月十四日

用『忘了红巾乱』变律唱和小鹿教授词《谒金门·广勇先生赐〈明孝陵新志〉，谨题》。

忘了红巾乱，游观历代陵。沙陀才崛起，称圣变妖僧。孟子窬墙窜，方生十室崩。长歌当以哭，猴冠绣禽仍。

维特根斯坦之识

二〇二三年八月十日

认知无限路，思缈备言聪。出海千鲸跃，从心万虑空。情真通识域，字灭弑苍穹。岂怪胡亢奋，能狂许鉴瞳。

江南女

二〇二三年八月五日晨

浅浅梅花靥，无猜自渐芬。依阑清满眼，含雾静燃裙。诗在溪山绕，香徊玉露氲。江南分一缕，入笔慰心醺。

夜雨

二〇二三年八月一日夜

夜雨临蛙唱，东坡万部歌。螽斯噙女调，灰鹳喊金锣。叶落鸦千啸，荷间鼓一和。情酣秋已在，峭立醉颜酡。

老子是头鹰

二〇二三年七月二十五日晨

老子是头鹰，餐霞侣大鹏。羞为争食犬，耻作苟营蝇。纵骑翻山岳，豪吟裂古冰。长河停落日，岂可少吾矜。

羞惭近代史

二〇二三年七月十一日晨

羞惭常诡计，冰炭置肠斟。多少腥膻事，难容吊古心。街逢尤骂座，嗄喑养名琴。时不生嵇阮，江河日下沉。

述心境答友

二〇二三年七月九日

书斋缄默语，心境寂为难。我室虽云陋，情怀尚大观。神完形不馁，兴尽意常宽。身隐何须显，长风任落冠。

注：落冠，《世说新语》中有孟嘉被风落帽的故事。意指气度宽宏，风流倜傥，潇洒儒雅。

晨聊

二〇二三年六月二十九日晨

红尘无数趣，生死界徘徊。倏忽三千岁，相逢一瞬呆。梧桐听夜雨，锦瑟衬柔腮。何为摧颜笑，桓温抚树哀。

端午节送粽子

二〇二三年六月二十一日晚

湘江停夜雨，楚女采蒹葭。西买青塘苇，东挑蜜枣甜。萱堂承膝笑，角黍热香尖。心有殷勤想，偷桃奉母恬。

附亦隐女史唱和《端午堂妹赴柳州游玩小记用牧文诗韵唱和》

二〇二三年六月二十二日

新晴催骤雨，岸沚溯葭蒹。未识寒山苦，轻言瘦水甜。袅风扶柳醉，清露漾荷尖。入夏花期至，吾家静女恬。

随意

二〇二三年六月九日晨

风云不足畏，历劫幸无胎。八万三千好，多愚少智哀。成都身曼妙，汉口女尘埃。随意横斜看，心须死若灰。

兰花

二〇二三年六月八日晨

闻蕙嗜如甜，逍遥避暑炎。禅香弥夏枕，白鸟戏青檐。门外惊心话，悠然不语嫌。花前书乱放，尚望笑颜拈。

生日

二〇二三年六月七日

凄惶三十至，频梦暗心惊。而立身羞愧，潸然泪涌崩。中年尝恨后，杪夏丧魂凝。才识清风史，行行竟可憎。

鸟鸣

二〇二三年五月二十五日晨

浓绿遮阳暑，山房聚鸟喃。争吟皆古调，洗耳悦新凡。似述风云乱，应防木叶芟。鸣蜩将聒噪，默语想悬帆。

初夏

二〇二三年五月二十四日

凉风过白头，夏意聚心酬。不换清贫乐，留和陋巷悠。残花中一醉，入裈历千秋。鲁酒虽尝寡，微噙释眼愁。

注：入裈，《世说新语》刘伶恒纵酒放达，或脱衣裸形在屋中。人见讥之，伶曰：『我以天地为栋宇，屋室为裈衣。诸君何为入我裈中？』

立夏日·新笋

二〇二三年五月六日立夏日

小园林杪绿，最爱雨淋漓。�竹新尖笋，书生静候奇。会心不在语，况味每堪私。谈吐和君旨，磐胸涌妙思。

初夏感怀

二〇二三年五月一日

残郁浮春望，柔心不可量。久为鳞逆客，多感雨愁肠。出郭何妨醉，知书岂免殃。庭前思旧日，曾误野花狂。

晨与闽南美女并一笑兄隔屏共话有感

二〇二三年四月十七日晨

晨坐与朋喧，檐花系暖言。飞禽如妙女，细语若星繁。庚岭心思远，梅边醉意昏。江南劳我目，摩眼辨春幡。

诡道

二〇二三年四月三日晚

家事用人谋，何奸不以偷。喜修田忌诡，汹讽宋襄求。戎祀无仁义，薰莸共鄙流。恣欺偏得世，智者岂能留？

快哉行

二〇二三年三月三日晨于滨州

与三挚友驱车鲁省踏春寻幽。途中唯春气浩荡与辩论无遮，大块文章，快哉！

车途无睡意，倏忽过黄河。舒卷春潮悦，悠游挚友多。求真争绝想，语慢积言磨。旋得林泉气，轮喧让浩歌。

春愁

二〇二三年二月二十四日

春夜难熬郁，营家奈小巢。怜儿生浊世，沮爱苦兢教。抱膝环深叹，忧心忿混淆。始知闻道浅，憔悴不胜咆。

盛世息交辞

二〇二三年二月二十日晨

字是知之域，文通已足骄。笑吟能绝代，执笔不从器。珍重神驰想，心怜峭壁妖。读书高一寸，白发借风飘。

次韵月榭吴歌兄《忆苏人旧风》

二〇二三年二月七日晨

千古孤飞翼，坚冰抑慧姝。春声行在路，槁木许藏珠。谁似深情汝，呼号不忍枯。推敲狂诞志，羞博稻粱途。

马乎？鹿乎？

二〇二三年二月二日晨

与丁大军老师晨话，大军老师语：『指鹿为马或可为指铅为沿。』我失语，遂赋。

山川浑一廓，睁眼尽茫然。豪杰相嗟叹，菁英萎涩泉。颓风吹晚涕，壮岁失前缘。细算三年事，皆应许肆涟。

初二晚帝都寒彻骨赴家宴

二〇二三年一月二十三日大年初二晚

寒冰侵瘦骨，自恃曲承良。刻意留豪气，伤情更举觞。凄然聊借醉，弹指响轻狂。苏子须徒我，人间落寂肠。

二〇二二年

元旦前夜

二〇二二年十二月三十一日元旦前夜

把酒度年关，孤心惘得闲。应歌惊似泣，带笑却苍颜。去影疑春梦，来言信手删。沉吟无一法，不教泪如潸。

老病·致友

二〇二二年十二月二十七日晚

老病郁冬观，疑无一枕安。空樽犹待酒，承学敢加餐。胸涌千层藐，心怀万里欢。拂琴声有恨，愀与故人弹。

吁长者殒

二〇二二年十二月一日晨

荒月残金厚，尤逢长者归。唏吁骄望殒，妖艳漫天飞。韶濩无人奏，淫哇谓我诽。鸿毛三尺去，荆棘尚邦畿。

好友招酒赋

二〇二二年十一月二日晚

深秋招论酒，应在菊黄旁。四顾山岩雨，三倾绿蚁香。非关天序乱，兴败好风偿。谁奈愁颜聚，情驰若叶狂。

步韵唱和晖先生《无题》

二〇二二年十月二十三日晚

半生驰荡荡，自诩古人才。独立苍鸣色，艰辛落鹜灰。何如不识字，岂有辨真哀。此外焉能恃？秋风许骂材。

今日重阳

二〇二二年十月四日晨

晨曦漫叶金，啼唳过青襟。微簌寒铃脆，风流抱臂沉。黄花当已瘦，白燕正辞音。古往能不老？东坡落笔吟。

沉疴日闲来无事教子读书

二〇二二年十月二日

沉疴悲脚软，秋雨沥窗前。拘子阿房赋，延文列传编。娇痴如睡梦，倏忽若狂癫。此病须无恙，飞身怒火燃。

秋分日

二〇二二年九月二十三日秋分日晨

又借苍凉色，心胸再与酣。寒风分晓露，秋雾卷山岚。添暖新衣玉，思人帙远函。千峰邀共啸，谁忿是清谈。

中秋夜

二〇二二年九月十一日晨

风驻夜趋凉，秋云耿耿长。调光增寂寞，罢醉忘沧浪。一卷空宵满，三吟落叶黄。半疑嵇阮侣，挥袖向谁扬？

且恕

二〇二二年九月一日晨

飒飒秋风至，晨光渡竹喧。纤尘争过隙，恣意许销魂。百岁逡逡去，孤情寂寂昏。江湖留一树，且恕我无言。

恨蝉

二〇二二年九月一日

蝉鸣悬耳侧，聒噪占高秋。万里同声恶，千城酿目仇。严冬终必至，嘲尔去何投？七载藏深土，顽童最喜钩。

晨醒知今日处暑

二〇二二年八月二十三日处暑日

夏雾蒸池绿，馨芬透阁楼。螽斯声放肆，布谷醉清遒。山雨时含意，为吾拂旧愁。心中黄叶厚，久坐更深秋。

注：此律把颔联、颈联放在开始，首联与尾联放在最后，以求音韵参差交错之感。

秋思

二〇二二年八月十五日

不语扰螽斯，沉吟殁草碑。铁勾铜刻迹，十画九书奇。句读非吾志，虫鱼败我恣。合当征万里，赊酒纵狂骑。

独处

二〇二二年七月十三日晨

秋雨飘心迹，千山落叶飞。哀鸣犹见凤，深默似徊衣。危立胸开卷，长吟士带晖。跷思溶月色，若约老苏归。

雨意闲居

二〇二二年七月六日晨雨

难合时人趣，不惭短褐褰。三坟堆我左，五典置吾前。檐望南山麓，花飘野菜田。无愁听雨落，心念洛神篇。

也赋《雨后》寄江南东霖潼舍书院小寒老师

二〇二二年六月八日

晨雨低红翠，岚筠湿有情。不辞途市井，偏喜过花坪。一段烟云事，三行白燕鸣。泮林能养士，喧寂仅书声。

无题

二〇二二年五月二十八日晨

晨起一杯茶，凉风拂嫩芽。时沉嘻鸟去，音散陋堂嗟。意恐思归寂，心吟殁有涯。颓然不论世，世仅郑声鸦。

沉吟

二〇二二年四月三日清明

孰云能本色，触目郁生嗔。用我千竿竹，还卿满眼春。长吟盈对岸，短笛送芳津。暮霭沉霞乱，山河洒玉鳞。

春日·自寿

二〇二二年三月十四日

鹅黄垂细柳，落叶浸沉池。耿耿披襟趣，婷婷戏鸟姿。抛书题自寿，引酒忝为词。对此愁怀世，难嘲洗耳诗。

步韵杜甫《天末怀李白》

二〇二二年二月十五日元宵节

宁为山水客，贫俭亦如何。老雁衔秋去，穷途自识多。蛟龙行雨背，魑魅伺人过。历历秦川梦，惊心试网罗。

江南若芝

二〇二二年二月七日晨

若芝喜报江南终于下雪并发湖雪照片，我回江南驰信雪，遂联一律以颂。

江南驰信雪，蓝水映阴霾。残白环西岸，灵禽拾野柴。林声怀契阔，芳步认云阶。疏志心仍静，停书抚玉钗。

立春日院中看妻儿扫残雪重贴窗花

二〇二二年二月四日初四立春日

假寐夕阳晖，风凉落鸟稀。怀人勤望岭，筛酒懒开扉。红槛邀春信，中庭扫雪衣。浮尘间竹外，哗响掺云讥。

冬日登岷山顶访大隐胥肇平先生

二〇二二年一月十三日晨于漳县

秦士多崇义，长嘘傲重林。山间唯月咏，青杪壮怀吟。嵇阮陶然醉，苏黄五柳襟。烹茶炉煨雪，布袖叹情深。

二〇二一年

写将欲行

二〇二一年十二月十七日

万事皆堪鄙，豳风似可欣。驱车冲野阔，孤意闯重曛。对雪擎杯酒，抛名不屑文。心间云一朵，猛志更由君。

卧床

二〇二一年十二月二晚

弃酒卧虚堂，擎书眼涩茫。心疲亏妙觉，病肆�枯肠。思往山河壮，怀哉雨雪狂。不拘秋已暮，挥手一行囊。

凛冬檃栝

二〇二一年十一月二十日晚

落木北风寒，歌吟老目酸。危楼屯暮霭，吹雁去形单。使问何人耻？投荒执念宽。余年聊借笔，月色沁诗刊。

白露日游思

二〇二一年九月七日晨

伊人含一笑，宛在水中央。飞叶迷空眼，横枝梦早霜。侈言应放浪，离志试行囊。白露蒹葭色，痴行最断肠。

也赋七夕

二〇二一年八月十四日七夕

似阅千年过，扶牛每日嘻。纤云勤弄巧，七夕再鸣悲。万翼遥星聚，深情隔岸疲。人间多绮梦，苦短誓欺谁。

溽暑观雨

二〇二一年七月十八日

门前观溽雨，一粟等闲身。凝气收痴望，行神患不真。千川檐上落，久立路无邻。越海超山势，何才与共巡。

海淀聆新雨·抑郁

二〇二一年六月九日雨

海淀聆新雨，如何一叶愁。江湖驰醉眼，子美病沙鸥。勉力须知弱，伤怀勿叹柔。徘徊嘘可笑，识俗莫强仇。

纵酒

二〇二一年五月二十一日晨

矫昂能纵酒，席地旋天浑。好友嘉宾至，分身乏术奔。刘伶妻不语，内子恨盈门。借问愁和绪，还缠我几番。

也咏蔷薇唱和

二〇二一年五月十五日晨

试晴风日暖，疏懒漫墙菲。挽袖拈香雨，梳头挡细晖。浅颦人已嫉，深恋韵依微。怎许凋零至，题诗与子归。

连三日酒

二〇二一年五月十二日晨

三天新酿酒，酩酊急扶墙。地僻迎仙客，吟狂醉满觞。绿荫巡翠道，修禊伴红装。有幸溪山乐，庭花带雨香。

暮春芍药

二〇二一年四月二十五日晨

幽花开石径，百感却无声。似取江南色，沉吟旧雨萦。缟衣萌未醒，妙意窃娇鸣。叹息先生醉，含嗔隐隐嘤。

丁香花开·吾以为丁香花如素颜女子

二〇二一年三月三十一日

我品桂花陈，丁香作比邻。素霜迎立语，断玉启轻唇。沉醉徘徊雨，殷勤寂寞人。吟诗邀客赏，勿使彼含嗔。

春趣·途中口号

二〇二一年三月二十四日晨

春早两杯茶，花香一脸霞。凉风缠布袖，冷玉嫩青芽。度曲声如水，调弦指若划。棋枰哀且叹，未有识人嗟。

春病

二〇二一年三月十四日晨

落叶留年味，燃花细雨楼。淮扬多客病，东晋少人羞。思虑犹春草，心吟却苦囚。兰亭无俗士，络绎逝情眸。

注：病，在这里是沉疴的意思。

游园

二〇二一年三月十四日

细雨惹新游，鹅黄满眼眸。群莺纷乱语，小犬吠鸣流。呼啸顽童后，犹怜妙目柔。素眉纤手白，娇软系轻舟。

海棠花

二〇二一年三月一日

海上琼琼邀我赋海棠花，吾云北京尚自飘雪，哪来的海棠花？

江北还飘雪，江南满岸花。冰流千里白，孤枕一帆霞。喜为佳人唤，欣从驿路嗟。海棠红且待，长醉共星槎。

题阿进兄梅花图

二〇二一年二月十九日初八

幽光斜欲醉，摇曳恼银簪。向月偷清缕，噙芳觅好音。应愁溪涧水，难遣惘然心。爱此云泥志，不兼俗客吟。

初二大雾·山间

二〇二一年二月十三日初二

白雾漫重峦，烟村近水滩。山间苍狗吠，云隐土鸡蹒。笑喊前街酒，喧阗后巷餐。曈曈迎往醉，我亦举觞欢。

今日立春

二〇二一年二月三日晨

才聆风悄缓，去目远岚青。渐觉层云动，欣闻冻土腥。解襟疑太早，剪树恨无馨。猛识身不在，江南细雨庭。

喟叹

二〇二一年一月二十九日晨

羡雪偶论诗，临风欲以期。羁形神不静，放目绪无涯。老友均安否，停弦忽忆之。棋中谁侠客，尽在楚河为。

无题

二〇二一年一月二十七日

穿廊沐夕晖，心静扫柴扉。缩手吟明岫，临寒唤夹衣。不邀昏瞶议，辞坐羽声稀。罗雀门无网，徽之兴尽归。

晨起用老杜《春望》『白头搔更短』自喟

二〇二一年一月二十二日晨

白头搔更短，心事比天长。起看春不至，新吟忿似狂。以诗宣佛号，脱口入苍凉。荒诞虽充目，山河尚可行。

腊八节

二〇二一年一月二十日腊八

游鱼迷沸鼎，未识鲁阳戈。腊祭同天地，应时祷佛陀。知微惭自诩，赋月望婆娑。奈此沧桑日，挥襟且浩歌。

冬日之忆

二〇二一年一月十七日晚

滤酒过新笃，柔情敢醉眸。聊因三句暖，故作一杯囚。挠发拈诗笔，扬眉数旧游。往年今日路，吾正最无愁。

致高兄海军公诵

二〇二一年一月十二日晚

茫茫世海中，数羽各天穹。万壑声涛动，千峰急雨匆。幸遇东坡老，欣颜白首公。半生无寂寞，不减当年衷。

读张译丹《庚子岁末抒怀》欣喜，遂步韵唱和

二〇二一年一月一日晚

独饮不招友，嗟吁岁末寒。梅香萦雪后，窗下养时难。万瞬真如梦，三杯晃此观。穷愁多俗士，略取一心宽。

二〇二〇年

翻书　二〇二〇年十二月二十二日

翻书才几页，眼困睡思浓。摇落皆如梦，风流尽入冬。楚怀忧尚在，宋玉影无踪。云雨荒台路，茕茕杜子容。

也赋　二〇二〇年十二月十一日晨

晨起赏诗友《雪落》诗，见猎心喜，不觉用其四支韵唱和一首。

山檐探雪枝，坠叶恰狐疑。飞鸟应思去，斯人仗语奇。朱颜销尽意，赍志竟何痴。纵是风情在，添悲望路岐。

小琴令赋冬日寄怀

二〇二〇年十二月二日晚

寥落临冬域，空山鸟忘飞。残阳休寄望，乱雪逞严威。一枕繁华梦，千秋寂寞晖。狂焉应唤我，敞啸不惭讥。

冬睡自嘲

二〇二〇年十一月十五日晚

困顿行冬令，稍安已入眠。鼾长随便响，唇软有时涎。寂寂巫山寐，迢迢怅惘连。秋风吹嘴阔，梦里学翩跹。

鸦雏

二〇二〇年十一月十五日晨

初冬将进酒，情暖不知寒。一谑风烟过，三倾笑语宽。温年徊返照，子辈渐加欢。锦瑟从今后，鸦雏乃大观。

无题

二〇二〇年十一月十三日晨

天塞无灵动，知人料逆谁。何从求一火，抱暖慰神疲。相视唯长话，登台趣雨奇。孤秋云树下，残响略能诗。

论辩之趣赞法国晓灵博士

二〇二〇年十月十五日晨

辩风唯自洽，守秩意交锋。一语收轻重，千帆放杳踪。深情挥见势，傲物趣惭容。不许雕虫染，柔肠久在胸。

注：唐李商隐有『寻章摘句老雕虫』句。

今晨

二〇二〇年十月十五日

今晨又嘴缄，倚马备长衫。冬雪追秋鸟，邪光照黑岩。千家门大敞，万户纸全监。路见灰心友，无言怒喝谗。

友问『何以太苍凉』作答 二〇二〇年十月五日晚

何以太苍凉，因无玉在旁。楼头唯夜色，天道忌玄黄。蹀躞情犹未，沉吟志岂妨。清音不可遇，独守一灯旁。

二〇一九年

清明节口占叹沈巍（上海的流浪大师）

二〇一九年四月五日下午

无心换媚妆，学识在流浪。任性知千味，愁人似万怅。门堪罗雀日，心有筱筜长。忽陷繁华世，凄容更断肠。

七律卷

二〇二三年

松赞林寺

二〇二三年十一月二十八日晨

晨起见一个《松赞林寺》的视频，视频拍摄于某个清晨，炊烟袅袅，禅声隐隐，几缕金色的阳光穿透夜色，扫过寺庙的金顶，虽有惊心动魄之美，却只觉世界安静如斯。就不觉又动起了去藏地拜谒的念头。

江湖养拙凡心动，古寺幽昏夜正呻。风入层峦旌色丽，雾缠禁宇绕炊氤。梵音一唱山川静，野水千分旭日粼。趺坐潸然和泪下，禅思可许化金尘。

步韵唱和白居易《放言五首·其三》

二〇二三年十一月二十七日

晨听友谈民国韦千里先生命相学甚妙。但吾疑曰：『其实我们的这个世界很有道理是某种赋予，又或者是某种文字的咒语。』维特根斯坦所谓语言的边界即世界的边界，即是此理也。因为飘忽不定的宇宙并非真切地存在着，而是无名经过文字描绘了因此显现、存在。就像孙猴子被套上紧箍咒之后就无处藏匿了一样。

古今筮法绝应疑，谵妄文章咒以蓍。氓众不堪风浪险，草绳记事彖辞期。解嘲懒做神龟占，历劫终灰励叹时。语至天边真识尽，虚空罗网骇人知。

附白居易《放言五首·其三》

赠君一法决狐疑，不用钻龟与祝蓍。试玉要烧三日满，辨材须待七年期。周公恐惧流言日，王莽谦恭未篡时。向使当初身便死，一生真伪复谁知？

卧病

二〇二三年十一月二十六日晨

琴涩几虚行钝钝，冯唐易老志迷湮。浮生多故无声忆，得恙伤神一病身。已识天涯飘万绪，难分穷路抚孤麟。风尘逢我纷纷说，岂有凶年久不春。

注：冯唐，出自王勃《滕王阁序》中『冯唐易老，李广难封』一句。孤麟，是孔子穷途末路哭死去麒麟的典故。

论如何止愚

二〇二三年十一月十八日

炉群又见愚蠢人。小丫美女忽出隽语：『三仞黑时还有骨，十分红透必成灰。』吾觉甚妙，遂续貂而赋成一律。

哲思何当与平论？低首常须愧俗才。三仞黑时还有骨，十分红透必成灰。质疑大雅环持镜，叱责前贤弃妄猜。识耻断愚征小篆，程门立雪至崔嵬。

读书感怀

二〇二三年十一月十六日

闲翻张岱《琅嬛文集·越山五佚记·曹山》，中有句：『世不知我，不如杀之。则世之摧残我者，犹知我者也。』不禁掩卷长叹而赋。

八代文风循古秩，竟无妙士敢离奇。吾盟以佛执神守，世不知余可杀之。修禊情深心已酿，空庭虚翥月如规。忽忧一载痴几度，汗漫华年似尽悲。

注：苏轼曾买十幅中之四幅绝版画收藏。被贬谪海南前托付给僧侣，悲戚曰：『可藏就藏，然世事无料。失之亦是运也。』僧曰：『吾生以命守，盟佛以志；死以鬼守，魂不散散。』苏轼曰：『仍乃一世也。』

次韵小鹿教授《晨惊雷撼长安》

二〇二三年十一月十二日晨

冬雷夏雪喟公车，感慨原非为訾嗟。三尺纷纷天震怒，万声谔谔雨腾蛇。填胸郁气嗔不去，刿乃魂凄酒可赊。把卷灯前千里静，长安烟火且由他。

附小鹿教授原玉《晨惊雷撼长安》

二〇二三年十一月十二日

滚滚沉雷走碾车，人间妖魅共惊嗟。电光尽扫趋光雀，巨响迴醒冥响蛇。霸上麦尖藏耳否，关中柿饼哑喉赊。鼓连大地平明处，天下事由且震他。

因今年与往年事步韵唱和粤友王晖兄之《无题》

二〇二三年十月二十七日晨

山吟共我诔悠悠，延宕秋岚病肆流。旗鼓相称残魄势，桑榆忍视恋魂仇。寒音不止风飘寂，野兴难求语戒愁。忽有一人因恨殁，可怜奇志再无酬。

附王晖兄原玉《无题》

今辞南岭意悠悠，谁晓人生第一流？老去情怀偏有泪，酒残肝胆只余仇。纵回佳丽千金笑，终付英雄万古愁。历劫京华红豆在，壮怀卅载苦难酬。

高海军

二〇二三年十月二十二日晚急就章

高兄海军才华，国内首屈一指。余向晚求之为我诗集写序，兄一挥而就，众人皆瞠目结舌，吾感而赋。

知鱼知我试华章，便挟风雷布九荒。三绝韦编劳孔孟，一挥而就叹滕王。江南赋有庾开府，赤壁东流苏轼觞。举盏休停秋月夜，觥筹隐隐透书香。

与诸老友筵宴恭贺兵兄画展而谋一醉

二〇二三年十月二十日晨

一世交情均白发，千杯醪酒不堪酬。两三老友争相忆，四六亲朋叙晚秋。轰醉玄都风韵在，频翻往事浩然羞。长歌无用多嵇阮，嗟叹生平只畏愁。

述梦

二〇二三年十月十八日日晨

飞鸿踪迹凭吟咏，归泛五湖闲辋川。信手拈来坡老志，推窗曾见老黄癫。岩间抱膝参天木，诗趣如灵响石泉。汲取潺潺烹茗饮，三秋落叶一春嫣。

女公子

二〇二三年十月十日

锦绣灵姿如玉舞，周郎三顾抚琴姮。剑眉斜插钟红女，敛衽雍容公子矜。自觉梅花应永望，非关暮雨负深凝。馨香捧酒东坡醉，要许秋风一盏灯。

秋游

二〇二三年十月八日

秋日与妻驭车潮白河畔，白云在天，长河在右，一路窝在副驾昏昏欲睡，漫谈无际亦是有意趣。

困倦无边秋意里，乡行不减寂寥辛。浮云水急风猖烈，潮白河长叶落缤。满腹牢骚焉肯忍，脱形拘束岂藏真。放神俯仰八荒外，存殁萧杨与碧粼。

秋兰

二〇二三年十月六日晨

秋兰倾绿沁心扉，忽有茶香动宓妃。断续吹葭凭我老，相兼微喜揽情飞。长舒仿佛天涯短，钝感无须器宇挥。臬栝冰壶频妙语，形容久待一山归。

命题吟秋

二〇二三年十月三日晨

粤友海军兄向晚命以桂花、菊花吟秋事，恰沪上若芝方撷一瓯银桂，因之勉作。

桂子飘香秋事尽，菊枝兀自傲霜风。庭前置酒明心月，笔下飞花醉意翁。夜暗无声余在此，笙歌苦短恋犹匆。七分憔悴三分悯，已任荒芜续入瞳。

秭归美人

二〇二三年九月二十九日中秋

秭归美女自言家产老酒，并发栀子花树照片。吾想起李白曾有诗云『风吹柳花满店香，吴姬压酒唤客尝』，遂赋。

酒肆吴姬轻软语，唤尝秋色拭琴弦。美人美色相彰映，夸舞夸歌宴乐翩。栀子花香弥院落，金樽袖暖拂珠钿。灵馨不与凡缘送，楚雨明妃笑欲燃。

中秋

二〇二三年九月二十九日中秋晨

中秋又读王建《十五夜望月寄杜郎中》。借『今夜月明人尽望』句启题作赋。

今夜月明人尽望，长烟耿耿揽无眠。八方兴废凭悬挂，一宇霜凉惴梦牵。残局敲声停措手，空枰独对舞婵娟。邀行万里征飞雁，借我缠绵化愀然。

深秋

二〇二三年九月二十五日晨

桑榆忍看趋凋敝，悔不当年学剑昂。拍案血贲仍郁忿，停樽逡语恨成狂。苍穹望望祈汹涌，江汉滔滔覆跳踉。吹笛人驱蛇鼠绝，山河安有泪汪汪。

轱辘体秋事诗八首

二〇二三年九月二十日晨

一　秋吟

常嗟每岁至秋时，酒伴琴诗白日痴。桂子天香长袖舞，心虔意乱逆风姿。深情自古多含郁，逸致尤知亦有悲。雨后频仍邀巧笑，笙歌不散养清奇。

二　秋邻

笙歌不散养清奇，喜得芳邻界菊蓠。风雨终年听共响，应时花果俱修枝。高谈茶座红榴坠，落鸟鸡栏老柿垂。半亩斜阳声满院，酒杯一举笑无仪。

三　秋奇

酒杯一举笑无仪，倚立长枝欲展眉。抚鬓休嗟星白露，屯胸聚拢壑新奇。黄花徐唱东坡调，坠叶环飘嵇阮姿。薄袖轻衫趁我意，凌波旧识雪凝肌。

四　秋忆

凌波旧识雪凝肌，云半阑珊展醉旗。书看最佳秋意迥，山红忽卷雁声追。潺溪为我寻灵迹，萝径纤尘馋望炊。群壑延绵均待雨，迷津冷雾俱心疲。

五　秋郁

迷津冷雾俱心疲，苦雨凄风珠跳池。意有伤情仍嗜酒，手停萧发叹神龟。吟诗暂至乌衣巷，咏忆嫣然玉女栀。此日徘徊人未老，秋虫四壁却嗤嗤。

六　秋虫

四壁秋虫窃窃嗤，螽斯也郁论时危。飞扬慷慨多画已，冰语醯鸡短命訾。残梦已飘孤月冷，新悲就此夜嘲弥。奈何共处萧萧世，风雪之间独我痴。

注：吾意写八首轱辘体《秋事诗》。前五首均以每首最后一句为启。然则从此第六首起，第一联为求变化略有改动。即原句『秋虫四壁却嗤嗤』改为『四壁秋虫窃窃嗤』。无他，从此首开始为求灵动由秋景而转写心情也。

七　秋魂

风雪之间我独痴，短长梦处惑成思。难堪楼外空山瑟，掩涕情倾满目痍。隐隐寒声环地角，绵绵苦雨累天涯。断魂不可同秋色，越到愁时越语迟。

八　秋燕

越到愁时越语迟，深情常恐月圆亏。相传雨燕能捎信，瞩此秋山寄望词。辜负江南憔立袖，不才风景自甘衰。肯容狂诞心摇落，检点琴歌讽有思。

夜辩

二〇二三年九月十一日晨

聆陈思院长等诸生连日夜批形而上学，注宗教之道，辩佛法之妙，因由感念。

破念搜书千遍惘，荣枯悲喜舞狰狞。法从俗灭相生法，更死心灰鉴劫更。万法一因深思涌，首规七日苦忧萦。茫茫不可期禅喝，曳尾泥途也纵情。

秋夜听雨偈

二〇二三年九月九日晨

深心无际渡愁更，敲打窗棂仅雨声。竟泻天音迷夜语，姑听秋响溅棋枰。忧思落木萧萧久，难偈哀筝句句情。唯愿莲荷徐缓败，嘉园犹可一隅荣。

读《闻中在贵阳谈〈薄伽梵歌〉记录稿》有感

二〇二三年九月七日

愀然心迹清如此，四座惊颜枉破名。哲理邃奇逡浩渺，长门有赋赉恢宏。梵音一咏通三界，佉刻无声缔万城。瞑目容兼忧患在，秋鸣吟乱病萧笙。

为慈禧作诔

二〇二三年九月五日晨

一骑红尘妃子笑，未知秀女是英雌。三朝羸弱唯卿醒，四帝无能补国危。左李曾胡频愧色，洪杨袁蒋短才思。凤鸣晦暗铜驼烂，麦黍祠离倚靠谁？

秋日观棋

二〇二三年九月四日晨

从来稗史演荣观，拍案常仍裂胆肝。七十年来屠玉鼎，三千余载跪金銮。一回瞠目一回沮，满眼残棋满眼难。秋叶飘黄纷落木，分明又至劫中盘。

为好为人师者画像共一谑

二〇二三年九月二日晨

高言大句垂今古，肆意锵锵迹若癫。事后牛皮缝宇宙，果然鼻涕似龙涎。百年多难文愈鄙，十载寒窗义和拳。寄语未来求识子，好为师者最无虔。

秋论

二〇二三年八月三十一日

闲翻书箧理残碑，摩眼常花叹老疲。今雨不来思旧雨，杜诗苍丽入吾诗。风流小共秋林畅，惆怅嘘羞獭祭词。若论峥嵘苏子矣，文章轩翥最称奇。

秋山

二〇二三年八月三十日晨

书斋恹坐绝韦编，欲看文章难入禅。秋唱一潭清涧水，急流十里翠林泉。携儿索画追岩鹤，招友谈诗举手弦。品茗青衿三两句，人间敢信遍嫣然。

秋饮

二〇二三年八月二十三日晨

秋衣拟换飞鸿起，雨落残荷弃读书。酒味犹缠心可感，情痴不减意萧疏。溪山念我胸襟在，风月称奇奈老徐。痛饮才知回首处，惶然似有故人嘘。

七夕日·反思

二〇二三年八月二十一日七夕前日

前人乞巧牵今夕，河汉盈盈碧水间。乌鹊年年飞一次，凉风脉脉抚千潸。秋光已证心徐老，彼岸休知世太艰。为尔沉吟星夜渡，深疑罗网锁情关。

再读《诗经》感悟　二〇二三年八月十八日

夺我祠堂拆我炊，九关恶兽滥欺羸。孔惊纵虎伤人日，荀曰沉舟覆水时。贪妄逞嚎抛一怒，投筹捐命裂千髭。寄言末世求生子，涌愤须能免死危。

无用之用　二〇二三年八月十三日

愿我心兼君至厚，所思百秩五弦挥。谋身识命钉时代，冷眼梳惊理是非。无用海螺听海啸，沉情秋叶染秋霏。天涯吟尽风云汇，千古骚人同一归。

晨读《黍离》忽泣　二〇二三年八月十一日晨

戚戚心中堪莠麦，行行如窒此何情？沾天黄草连宫阙，遍地无颜占死城。残雨秋宵怀老友，荒亭纸墨备辛鸣。风烟凄断酣今日，或许明年更哽声。

立秋

二〇二三年八月八日立秋日晨

一叶先忧瑟染黄，翠林尚自肆轻狂。萧萧落木缠艰梦，历历凋零噤早霜。忍看妖云呼啸黯，深悲青雁唳鸣凉。行临万仞苍茫色，残唱千峰动夕阳。

短杖

二〇二二年八月七日晨

短杖微吟烦俗调，四方恨是万沉沦。一街萧艾无从避，满眼萑苻互吹仁。雷雨不收龙卷尾，天河倒泻苦烝民。涿州移作芦花荡，难见桃园结义嗔。

记溽暑日与友登慕田峪长城

二〇二三年八月四日晨

炎炎夏日浑无绪，暑气烦潮闷似蒸。山色徊云愁瘴雾，汗衣黏湿惧危崚。羡她年少轻飞燕，惭我躯沉拄杖兢。老马堪能驰百念，常羞伏骥守残灯。

京畿洪水

二〇二三年八月一日晨暴雨

房前房后皆淫雨，惊座堂间岂独魔。水漫城摧瞠目掩，民不畏死奈天何？山崩屠潏偿新愤，泥卷波翻烂绿驼。江海悲鸣无所祷，轰雷多半向人苛。

不惭步韵唱和晖哥《见牧文老师咏完颜亮诗并伤时感遇而作七律一首》

二〇二三年七月二十六日晨

亘古官声狡慧倾，阴谋田忌恃干城。宋襄名裂亡仁世，诸葛心机葬信情。鄙陋艰辛民从诡，澈清休弃忿难平。人才百代无不伪，看至颓唐侠骨成。

赞我兵兄新画作并赋

二〇二三年七月二十四日

灵满空荒衣袂响，蛮云壮丽挽歌声。黑风徊暮凄然客，烈士柔情饮恨睛。莫怨娇颜焚战甲，痴心狂墨猎长鲸。人间已见千年碎，知者相逢睹落英。

京师暴雨

二〇二三年七月二十二日晨

推窗凉意急飘襟，凉到披衣再拥衾。绿草婷婷蒙黛雨，清音脉脉润孤心。激流万瀑檐山响，斜倚千筠翠色森。眼下沉浮归一梦，闲从天籁入瑶琴。

自叹

二〇二三年七月二十日

运斤净垩非夸技，古圣心怀信不移。早识微言均绝矣，晚筹薪火继衰时。风含雨意枯荷喜，座尽流诽野老悲。唏嘘环无容足地，何须强作解人诗。

多情

二〇二三年七月十九日

闷坐愁城独饮茶，竹间投界一声哗。多情人解空寥意，未死心参聚散嗟。搓手频频几案扫，吟眸缓缓草堂花。了知身外皆浮世，万种缠绵浴晚霞。

钱谦益

二〇二三年七月十八日晨

阉党东林谁可倚？腐儒最喜浩然鸣。太凉池水奈何死，搔痒头皮恬脸生。舞榭楼台臣跪送，残山剩发老羞萦。枯枝一吊明王恨，名士刚蒙清帝荣。

思辨之趣

二〇二三年七月十七日晨

天心其骋窥繁锦，诡谲麟龙潜爪游。俊辩绮谈长夕话，踌思瀚海八千舟。许攻借错频烦恼，洞察孤征阅伪求。文体高卑能独绝，欹斜浪谑岂从阉。

妙峰山揽胜

二〇二三年七月九日晨

溽暑日共家眷登山揽胜，一扫暑热，心旷神怡。

雨收云积霞霏顶，新霁峰峦竞岫红。短袖轻衫凉入骨，轻颜辞暑笑如虹。俯看城阙思含愦，扑面烟岚意稍融。一览江湖皆脚下，何时立马近苍穹。

晨坐喜雨　二〇二三年七月四日晨雨

烦忧一扫坐天河，雨意葱茏翠色歌。吟咏多嗟无白眼，今晨万里佐成魔。陶然浪笑枯荷响，涉境轻邀李杜和。此日青山须隐隐，穿云要仗鲁阳戈。

浊风　二〇二三年七月三日晚

浊风恹腻惹辛酸，有客灰心语少欢。吟羡鱼游曾结网，意阑萧鼓耻衣冠。胡为南北莼鲈叹，回首东西络绎宽。已是蓬蒿矜好羽，竹林雀跃暂平安。

溽暑无处可去晨读《过秦论》　二〇二三年七月一日晨

廿载轻轻重重尘，桑榆故国困强秦。宫妆暖袖寒香殿，黄绶陈庭谄佞臣。诏下噤声街市闭，权奴赐剑满川巡。杜陵剪韭应深惧，寒雨敲门恐夜询。

京师观急雨

二〇二三年六月二十八日晨

青鸦聒噪雨烟蒸，天黑云重敢秉灯。岂料沉浮无地僻，徒劳憔悴漾心憎。逡言野外飞花钿，谁愿窗前馈子矜。懒性从来嘲远志，湿衣弃伞映崚嶒。

不信

二〇二三年六月二十一日晨

端午将至，步韵唱和小鹿教授《夏虫聒噪，用牧江大兄韵》。

豹藏神隐闭寒光，抱柱呲睛耻悍墙。人到无常仍白眼，身存僻壤惜麻桑。奈何世鄙长嗟久，不信天公再难康。徒呇一生狂楚调，沉惭莫若屈平肠。

附小鹿教授原玉《夏虫聒噪，用牧江大兄韵》

二〇二三年六月二十日

暑气蒸腾泛紫光，雌雄蝈蝈上南墙。高鸣已告灵渠杜，充腹可餐白籽桑。遇鼠暹罗藏顶顶，逢虫八哥笑康康。昨天雷雨支翎笔，不顾浔阳正断肠。

京都暴雨，一诺友回言魔都亦是

二〇二三年六月十九日

所系良游唯淡泊，忽传海上亦同晴。窗檐窗外重阴雨，江北江南一片声。淅沥连绵停万里，浊醪自美助三觥。养愚心事应无累，筠竹怆然向我鸣。

谢奉（周）亚鸣兄赠书序读而感佩

二〇二三年六月十八日

百愁莫若留孤喟，翰墨凝尖恨有澜。纸尽狂书情不了，梅残窒笔色生难。三经养性磐天道，八佾无能救裂冠。日久周旋宁作我，哀筝犹拟慰心宽。

晚霞生叹

二〇二三年六月十三日晚

洒金天地晚云驰，徐绽残霞意尚痴。惊鉴光阴游一寸，酹生白发述千疲。小园种菜嘘三盏，备酒交心任五噫。屈指相知虽数子，凉风几树待吾诗。

鱼溺

二〇二三年六月六日

晨阅奥萨格卓友发一鱼尸漂于维多利亚海湾。不禁唏嘘曰：鱼溺于水犹韩愈之『物不平则鸣』。

凭栏心迹由声哧，骂座颠堪撞怒睛。鱼溺于河因息窒，物鸣其愤示不平。天申寂寞风云变，地恸升沉劫难更。老子焉从聋哑腐，冲冠发作笔斜横。

华筵

二〇二三年六月三日晨

恶声嘲世不甘郁，旷野无歌万事悬。矬大人言犹响耳，红飙浪浊肆连天。百年屈指多长啸，三代艰辛覆恣颛。残喘苟能全性命，盖棺必见蔑华筵。

哀丹青

二〇二三年五月二十七日晨

履霜其洁忧肠永，心尚缠绵欲挽卑。结客去年才获罪，藏楼今日已危疑。老来休问将来事，语纵狂飙蔑纵嗤。索命一封书苦劝，慧思再涌有重罹。

年年风雨

二〇二三年五月二十六日

摇曳不耽春已去，半生总憾对心疲。年年风雨年年过，岁岁愁情岁岁思。挥袖长吟容落寂，举杯欲尽却嘲痴。远山隐隐知人老，故遣残鸦随意奇。

忧猫

二〇二三年五月十九日晨

我家蓝猫已一日夜未归，忧心忡忡夜不能寐而赋。

不辞离走阒残音，枯槁衰翁夜冷衾。老阅风霜忧汝弱，戒听谄媚误渊深。迷途万一行无路，须记三千烦用心。宵梦长天星亿数，切知最暖是吾临。

与旅美若芝戏说开悟

二〇二三年五月十三日晚

空山鸟迹学枯禅，一碧长烟去纸鸢。眼望浮萍心望岁，琴同野鹤调同弦。神微意远侵云底，叶舞花飞试嫣然。庄蝶狂时非怅想，勤从玄幻避亡年。

浮郁

二〇二三年五月十三日晨

浮云蔽日知由郁，鸣翠三声尚慰奇。总欲飞扬因骨傲，剧怜空梦止心疲。时闻故友无消息，屡见烟村断早炊。愁雨绕篱如戚戚，一程自叹一程痴。

喟叹

二〇二三年五月十一日晨

恶木盘根贻百代，勾连错落至巍峨。几番风雨登楼啸，千古兴亡拔剑歌。总向铜驼锥去日，恨不三户种心魔。异时谁责今人事，一局须从孔孟苛。

悼春

二〇二三年五月五日晨

云林远世频遮耳，柳岸衰风到处囚。河上枯鱼无限悔，榆间蜩鸴谑欢酬。侈音乞火天含醉，忍笑愚心智藏羞。错愕莫惊诗亦老，山川未见有绸缪。

异鸟

二〇二三年五月三日晨

小院四时常变幻，掠飞异鸟不知名。悠悠自带江湖意，忽忽谁鸣陋巷声。雨下台阶平落叶，空凭琴瑟入飘英。任由两耳徐过往，心每疏离却在诚。

谷雨日阴

二〇二三年四月二十九日谷雨

轻黄浅绿柳丝匀，淡入萧疏只一身。已惯天涯歧路在，病掺风雨此心淳。思来山水清如卷，舞罢江湖怆为邻。料作梦中蝴蝶看，千年亦是几浮尘。

晨坐

二〇二三年四月二十八日晨

一树繁花雨夜寒，昔时意气倚阑干。欣颜婉诉知谁在，暮散欢愉引郁团。何处人间无落寂，何年白发不心酸。本应晨韵轻凡念，每欲神思便色难。

有美

二〇二三年四月二十三日晨

有美淑娴能燕跃，天章曼俏泻江南。其风其雨婆娑骨，停密停疏缱绻颔。最是青眸不敢犯，柔从荑妙略生惭。渊明徐绕东篱扫，种韭烹茶想玉函。

暮春日与文君兄并友雨中携游潭柘寺

二〇二三年四月二十二日晨

四月春余无几日，寻微履涧喟山青。兴亡过眼虬松老，善恶缠因虎塔灵。古树十围良久叹，风烟百世释之铃。鸟鸣潭柘飞花寺，嵽嵲禅宫嗅雨馨。

嘲连日沙尘暴

二〇二三年四月十四日午

沙尘如嶂遮吾目，未若愁心惧世危。敢任一生沉莽莽，堪封双耳忍嗤嗤。此情难对常人道，无蔑焉朝汝辈訾。自顾搔头犹老树，花前少护野风吹。

无题

二〇二三年四月八日晨

曾与文君兄相约春游江南胜地，因故未去，甚憾。闻文君兄与江南诸老友并许兄于西湖边老酒莼鲈论及黄庭坚『桃李春风一杯酒，江湖夜雨十年灯』与王安石『京口瓜洲一水间』之故事，更心痒难耐，赋此。

江南新友邀醪酒，京口瓜洲一水间。猜得西湖衔草绿，犹思访戴故人还。剡溪花落多吾影，烟雨诗成幸醉颜。寄雁传书心已至，春风料想待青山。

清明

二〇二三年四月五日晨

清明前日携幼子驱车冒雨入山踏春，野杏梨花漫山遍野，寒雨绵绵，人迹罕至。午后才回。晚与旧友约酒，意兴阑珊，早归自烹茶啜饮至夜。

清明总益思和雨，淡杏轻梨欲雪霏。一壑争鸣行客静，千枝缓颂远山微。须当置酒邀人至，又念烹茶落子几。旧迹心知无可恋，风尘俗智不堪讥。

春行

二〇二三年四月三日晨

借黄丽延庆龙泉峪长城之行照片抒怀。

呦鸣孤注静林晖，今古听沉惜语微。百感梨花迎面在，一呼杏雨绕峰归。深情不计多歧路，浪迹由骑宜晓霏。可许长吟书雁字，山间唯我是青衣。

附亦隐女史原玉《清明踏青步韵〈春行〉》

二〇二三年四月五日

行游闲惬沐春晖，沉醉长桥拂柳微。欲揽山川襟抱远，且随流水素心归。昨宵故里似萦梦，今夕清明无雨霏。犹觉荆花怜客意，穿林一路伴罗衣。

疯言

二〇二三年三月二十二日晨

颓波不挽非关命，胡以滂沱释郁烦。绝世临危犹放诞，拙荆怕我屡疯言。劳生应惧庸流顾，块垒深埋侥幸存。难使人间驰血性，千嗔只竖厉魂幡。

友日前请释今人诗，吾唯苦笑无语，后试说

二〇二三年三月二十一日晨

苦笑今人争激越，呻吟多病学登台。诗无意外都无趣，词至飞扬许至才。一探珍珠惊俗眼，千回风立撼崔嵬。悠悠路畔花不少，岂望春思尽数裁。

戏变李商隐《锦瑟》咏吾家猫

二〇二三年三月十八日晨

嘶吼深嗷长哭啸，拼将九命赠阿卿。春心啼血无端泪，晓梦惊欢有义鸣。磅礴呻吟歌宛转，空寥寂唱月加盟。天荒地老书比翼，不及狸奴此夜情。

哀铜瓯

二〇二三年三月十三日晨

怆然倍感忍无欣，万种忧思若雪纷。铜瓯密查心秩恶，红楼淫诵欲沦醺。纵奴诓主侮前圣，辱目经堂敬俗荤。此后诗书谁可继？有人仍被梦魂焚。

白下

二〇二三年三月十日晨

晨读金陵小鹿教授《返长安并博士生答辩》诗，读到诙谐幽默之处，不觉屡笑，遂次韵唱和。

白下山花次第开，长安秀士忘情来。寻香蝴蝶争风嗅，三绝韦编拊髀徊。佳句旋吟仍倚马，黉门行慎孕珠胎。一生唯趣耘桃李，偶遇春姬亦快哉。

访博山诸贤感怀

二〇二三年三月五日晨于博山

博山有幸藏真士，跌宕无羁羡鲁民。意共欣然游槛外，行参奇石藐凡尘。诗心怜草庭柯茂，把酒簪花寂寞鳞。陶土一杯停暮雨，沉吟隐忍或忘秦。

二月二龙抬头日晨有赋

二〇二三年二月二十一日

花苞未放早春行，二月东风卸甲声。人在江湖无怅望，雁回天地更勤鸣。孤踪绝过梅千树，妙响堪和雨一城。细点小园枝上蕾，瓶中久待玉兰盈。

注：春天虽然柔软，但她走遍大地的决心是无人可以阻挡的。

叹英雄

二〇二三年二月十日晨

英雄自古苦非时，俯仰千秋阅世悲。仗剑敢同天下悖，出身岂愧艺伶姿。大纛风扬飘血雨，心兵义动貔熊貔。酣歌击瓿为君唱，浩叹不能共举卮。

立春日堪赋

二〇二三年二月四日晨

孤心好静也迎春，亦任琼花坠满身。惆怅杜陵狂欲喜，苍然白发肯无嗔。情深岂向常人道，识浅休从妙趣询。长笑须疑归雁至，疏枝篱下一清贫。

乌兰布统坝上归家，疲劳至极，遂倒头入梦

二〇二三年一月二十八日晨

昏然入梦想梁槐，枕畔伤劳薮骨骸。老马狂驰千里雪，长歌浩荡万杯谐。冰原没草人无迹，落日炊烟鸟绕霾。一壑一丘勤过眼，谁知丘壑在心怀。

初一日晨醒遇一诺女史索诗遂赋

二〇二三年一月二十二日大年初一

睁眼已识春来唤，去岁寒鸦送远飞。离合循环忧喜半，神凝摹写巧思围。老听爆竹儿童趣，心乱婵娟素手挥。想必桃花皆有意，明朝酒醒尽芳菲。

晨读司马迁《滑稽列传》感怀

二〇二三年一月十八日

意舞林霏素梦禅，茶樽淡淡映书笺。晨光暖手翻陈胜，弹指敲杯阅马迁。最喜遗簪香缦解，亲听笑靥酒阑边。应无闲泪提凋敝，老去心情不怨天。

念敦煌

二〇二三年一月十日晚

曩时轻驱酒泉西，醉语狂歌纵放蹄。落日遥遥风送我，长烟漠漠草漫堤。敦煌佛座飞天舞，莲涌观音捻指迷。最是应怜苍发短，壮心还拟马常嘶。

二〇二二年

腊八粥

二〇二二年十二月三十日腊八节

腊日分糜祭佛香，北风吹影雪含殇。闭门犹惧吾乡疠，守怪谈天病目偿。散步归来旋觉累，有生不愧学韶狂。粥盛一碗心无碍，赢得儿童笑语抢。

也赋辞岁唱和闽南诗行者阿里

二〇二二年十二月二十九日晨

熏炉爇尽旧颜匆，綮肯不烦诵读躬。人世繁华终易委，深情转眼去如风。壮怀何处教淘洗，柳岸相如卜翠丛。三万残星千数雁，请于年后醉吾瞳。

冬至

二〇二二年十二月二十二日冬至日晨

忧凡殊异卧空山，倏忽三千动念间。欲掩蹉跎何用雪，壮游昨日渐衰颜。霜寒添白宜情醉，灯影飘红许酒潸。书箧五车空皓首，流年不止一丝艰。

大雪

二〇二二年十二月七日大雪

吾期繁落身前雪，络绎缤纷小径荒。万象模糊无去往，一枝横倚换情长。但闻鸣鹤三分趣，又讶新飘满脸凉。此际谁能吹笛至？风流彻骨许称狂。

初冬夜无眠听雨

二〇二二年十一月十一日晨

床临冻石犹清坐，扣问心鸣漫碎花。雨聚诤言徐近意，烟推悱恻没残鸦。晓风迎得荒阶赏，野鸟停旋落叶遮。存想天人唯一宇，作歌轻啸许天嘉。

初冬

二〇二二年十一月九日晨

初冬已至心无绪，萧瑟沉江遍野苍。叹息人间烟火冷，伤神计拙二毛霜。有情久祷花相忘，焦虑休劳雪漫长。若道世稀风骨瘦，何来枝折比高昂？

立冬日赋鸿雁

二〇二二年十一月七日立冬日晨

孤雁凌飞将一举，残秋强忍万花哀。别鸣反顾声咽沮，伸首长嘶汗漫徊。顿挫山河知壮美，萧条云树是尘埃。欣辞怊怅如何醉？从此风波渐少摧。

赋乱秋

二〇二二年十月二十九日晨

又到秋长叹菊黄，移思羯鼓布苍茫。祸民说甚观陈涉，盗壤喧嚣意慨慷。阮踱横川嘲竖子，杜愁宇内乱称王。无情休揣天公想，只愿田间遇采桑。

赞鲁迅

二〇二二年十月二十五日晨

将尽三秋难遗意，微灯孤照夜堪吁。应哀鲁迅仍为尺，隐恨生民尚且愚。逐日触山山不倒，狂言诤语语遭诛。驱鱼驱雀必然势，岂愧嘲人是腐儒？

霜降日赋

二〇二二年十月二十三日晨

霜寒木叶漫坡红，曾苦鸣蝉震耳聋。息蟀才知无尽意，呻吟似告此时忡。千山萧瑟频频落，万壑清流熠熠匆。以调征弦惊梦断，坐迎飞雪送轻鸿。

秋叶

二〇二二年十月十七日

书生岑寂染秋风，落木萧萧旷宇空。黄叶成堆飘此后，深情无计止如蓬。升沉岂用仙人卜，休咎焉凭野店聪。总是微躯来往客，年年翠绿漫山红。

唏嘘近日事，步韵子虚兄《无题》

二〇二二年十月十六日

落日深秋隐逸吁，每寻诗卷类愁胡。思来贾谊应垂泪，刑后商君续霸图。博浪投椎桥上客，鸿门家宴宛然奴。百年不恨无真侠，但喟山河士太孤。

无题

二〇二二年九月二十九日晨

小坐层林凭叶落，忽思槛外稻粱尘。城无紫气仍谗颂，国是萑苻却笑人。肠断诗书挣忍世，梦徊秋雨避强秦。楼危犹许长风肆，不识哀筝渐比邻。

有女（Cynthia）谈哲论古从容不让今贤而赞

二〇二二年九月二十六日晚

世间竟有奇仙女，虚几能谈背反名。天地无私何带雨，圣人无欲岂深情。藏书识古浇胸析，纵笔由心散俗荣。一笑破颜轻块垒，游思戏表万端明。

无题

二〇二二年九月二十四日晨

秋分日携子驱车门头沟斋堂冶游，不意误入无人山路，山石荦确，崎岖难行，日将暮，方得路绕回雁翅镇，饿甚，大快朵颐后赶夜路归家。

秋日驱车肆意行，山红水碧路兼惊。木城涧石纷萧瑟，雁翅庄头货野牲。吾子称奇时掩嘴，言词多感脸微醒。滋兰九畹应常此，不愧人生最有情。

陈红喜杜牧《九日齐山登高》诗令步韵，遂赋

二〇二二年九月二十一日晨

秋云寂寂雁孤飞，心演天机叹式微。季候飘蓬千里客，关河艰涩一山归。愁吟独暖今朝酒，尚喜能参去日晖。万点风飘思老杜，欣知黄叶爱缁衣。

惊乱梦

二〇二二年九月十八日晨

有声却恨无声响，岂是韶音不解芬。八十年来惊碎梦，一朝荒诞敬浮云。秋风扫叶非心乱，山雨当茶压酒醺。满饮七杯缁衣动，天涯缟素雪纷纷。

白露

二〇二二年九月七日晨

昨日晚贺友乔迁之喜，又畅聊多事之秋至夜，今晨醒惊觉白露而赋。

伊人所谓抑心伤，白露蒹葭水一方。清雨从今含雪意，衣香唯有试棉装。萋萋黄叶飘零地，郁郁花房次第荒。倚立风前迎薄醒，不须看尽最苍茫。

随感

二〇二二年八月二十三日晚

又揽秋风林下座，时哉世变在丝悬。雁因不语愁汤釜，樗以无材得永年。囊底藏书焉少智，眉间有郁好容怜。子诗熠熠能轻俗，庄蝶存亡欲化仙。

晨醒惊秋

二〇二二年八月十日晨

竹摇窗外知风劲，雨迸墙头弱草艰。一夜秋凉徊晓梦，三声鹤唳愧云山。万愁天下公然在，两目悲欢不使闲。黄叶有心邀旨酒，可怜嵇阮正情潸。

注：诗经《桑扈》中有『兕觥其觩，旨酒思柔』。旨酒，美酒也。

立秋日又读老杜《登高》

二〇二二年八月七日晨

落叶登高多病客，应嗟老杜久辞欢。无边溽暑潇潇雨，不尽忧思悒悒寒。破夜蛙鸣犹怒诉，低云鸱语却阑珊。熄灯断纸邀神至，祝酹从心意暂宽。

雨寂有嘲

二〇二二年六月十三日

闲阶峭立慰不欣，笑我无能揽翠裙。一树石榴红正好，满墙惊雨绿缤纷。诗书前后茶风散，生死居间古道闻。沉寂祈邀神擂鼓，却劳下座数蝇蚊。

小满日有所思

二〇二二年五月二十一日晨

初夏微风澄净夜，槐香沁玉月如弦。才经新雨分诗韵，又得横塘寄雁笺。虚数参差浓绿意，细思迢递睡云连。昔时小满千家喜，一路秧歌醉女娟。

朝聆

二〇二二年四月二十四日晨

寂寞吾庐唯野事，漱流枕石半成癫。朝聆思辨情稍慰，暮载春烟唾可怜。山水心旌浓入酒，文章经济厌生钱。此知不向常人道，夜雨哀筝诉急弦。

莫道

二〇二二年四月二十日晚

莫道餐霞能嗜酒，沙鸥天地老来看。心如广漠藏秋气，身却行春沐雨宽。眼底风情仓促逝，迷中隔世忘形叹。新亭又见苍凉客，两两三三泪目酸。

有女

二〇二二年四月十一日

晨霭熹微雨气收，凌波芳步慢倾眸。闲情偶至伤心境，惊叱非关帝力囚。官祟难人同子蚁，秦城无地可牵牛。凡思已少红尘趣，为报长吟不忍愁。

白丁香

二〇二二年四月十日晨

吁嗟白蕊总盈坡，结字当空缀晓歌。云下读书无冷暖，花旁品茗费吟哦。数杯一念执迷事，众妙千思慢入魔。且可青春浮暂醉，轻霞万朵自婆娑。

禽鸣

二〇二二年三月二十六日晨

禽鸣�上思方远，疑似春光感慨多。自识弦琴亏五柳，漫挥衣冠挂东坡。啁啾鸭色燃新翠，憎避喧争掠逝波。听尔此声移纸笔，他年再笑汝心魔。

春雪，寒夜客来

二〇二二年三月十九日晚

开门雪没绿筠倾，怕见春花满眼惊。小院丁香才欲放，刁风料峭太无情。身寒拥卷思稠酒，雨霰摧樱碎瓦声。千里真成清浅梦，兴来不觉醉飞琼。

初春读元稹『贫贱夫妻百事哀』况味交集有感

二〇二二年二月二十日

初春新入仍难喜，贫贱夫妻百事猜。元稹应惭嘘去日，秦淮逐影忘残梅。三杯散漫犹生恋，一岸横斜屡自颓。拂柳忍凭心怅惘，悠悠况味许无才。

立春日

二〇二二年二月四日初四立春日晨

林岩雪色生云趣，莫向空山问鹧鸪。欲剪枯枝迎翠羽，犹迷秋叶冻冰湖。春衣试手情难止，稚子抛书信有图。携酒开颜歌一路，门前十里杏花途。

读史感怀

二〇二二年一月二十八日

端重如仪慎拗奇，神清自具入帘思。茶烟弥散婵娟趣，语妙藏诙五柳姿。乱耳生涯甘守弱，搜书秽史屡相欺。子诗常有苍凉味，恨是监牢不易锥。

夜谈

二〇二二年一月六日晨于青海久治

在青海久治小县城与兵兄连床夜谈，纵论捭阖，几至晨曦方眠。

夜谈每自忘天时，石鼓钩深畅决疑。万事纷纭游枕侧，百年孤独越雷池。贾生才调虚前席，庄老神思换烛曦。落定尘埃沉醉咏，星河鹭起不称奇。

二〇二一年

金城文君兄画意

二〇二一年十二月二十九日晨

纸书真可安辽阔，目送青鸿敞袖挥。禅静由心回万籁，笔开孤意泻天机。云驰千里停三尺，霞蔚长烟叹几稀。竹杖芒鞋谁怕晚，清流清坐不思归。

杯酒

二〇二一年十二月二十日晚

杯酒添愁谁可诉，神州黯淡筑秦宫。悲哉跌宕灰心士，郁矣危吟落魄瞳。逝水自知无力挽，长云去不奈何匆。名山含愧擎灯立，忽作徘徊醉眼蒙。

赋汗血宝马图

二〇二一年十二月十五日晚

赤血龙吟汉帝眸，追光逐影裂金瓯。笔端已跃疏林阔，胸次长怀弱水求。博望承威征大宛，天皇未减使旄旒。神飚八骏裒然帙，岂必劳师百战谋。

抒怀步韵月榭吴歌兄《沧浪亭赏月》

二〇二一年十二月十四日

虚堂一啸荒年事，散发听琴驭大观。天弃枯棋真胆裂，神争袖手病心残。频歌麦秀书新简，怀愤敲枰复旧盘。万静山河无好讯，梅香为我不阑殚。

将欲西北行之赋

二〇二一年十二月九日晨

久欲狂游追片月，寸心皎若驭秋宵。前途不避关河乱，出列何惭落帽飘。坐领山川生寂寞，兼听朔漠束喧嚣。诗思谁擅歌千里，骎渡风沙试与飚。

注：落帽指孟嘉落帽，出自《晋书·孟嘉传》。

秋后·小雪日

二〇二一年十一月二十二日晨

秋后凋风搜宇内，江河无色雪横吹。寄人老杜追茅草，出水青莲悔晚知。晴日难防宵小算，阴山谁信是非迟。仁心不再通天地，衣锦缇骑纵虎罴。

登峰

二〇二一年十一月十九日晨

登峰半岭无悲喜，蹭蹬人间汇晚岚。白发能飘云壑色，秋林怎免霜红酣。倥侗百岁余跷立，嚄唶三声叱鬼眈。哀乐非因图醉饱，罡风绝顶益神谈。

诡诈之智

二〇二一年十月二十八日晨

偶翻《三国志》踞叹吾土只尊崇谋略而小觑智慧之短志。

三分谋略争天下，诸葛生平绝似妖。青眼但知从仕乐，壮怀只许作官骄。长嗟诡计隆中对，多笑窥名竖子剽。歌哭敲盆悲沃土，千秋唯见士人枭。

晨啼

二〇二一年十月二十一日晨

晨起见彩霞满天，女史赋秋兴，欣赞平和嘉美，遂步韵唱和一首。

晨啼飘叶满衣凉，侧耳倾听雨过墙。落寂难堪天地汇，沉吟微辨惠兰香。飞扬慷慨频书恨，昂首凄清一脸狂。自古诗人多不益，秋风携醉为情长。

成都

二〇二一年九月十四日晨

秋颜憔悴衣冠旧，莫笑残年忘欲求。一曲成都歌不止，三生沉湎泪无休。孤愁月下徘新影，青鬓风中怯老囚。忆玉林街人拂柳，千杯稠酒换星眸。

徐志摩赞

二〇二一年九月十二日晨

略取诗章论盛名，山川莫歉寂然声。雰雰其雨青鸢逝，弼弼从柔弱冠鸣。海内孤飞天际侧，凌空谁伴比邻轻。而今且幸书斋乐，只羡奇鸾不羡荣。

清堂疑雨

二〇二一年九月二日晨

清堂疑雨闷阴雷，水墨含烟布谷哀。一遍秋声听叶落，千层偈语乞心开。浮云多事棱除角，过眼残年酒在杯。岂有湖山无老杜，萧萧白发欲登台。

林芝有所思

二〇二一年七月三十一日晨

我之思矣在林芝，所遇山岩最绝奇。巨木参天人迹少，阔云匝地鸟声追。身由心动随神落，意映深流汇晚漪。物外冰峰唯卜岁，江湖寂寞唤吾诗。

次韵月榭吴歌兄七律

二〇二一年六月二十五日

乱敲文字刻青碑，恸定不堪百岁疑。野哭忧邦知鼎沸，焚书伐嘴恨奴欺。铜驼巷陌荆丛密，楚客新亭泪雨资。祸漫八埏休掩目，余生学剑岂嫌迟。

三公同逝是日京都暴雨狂风

二〇二一年五月二十二日晚

夏雨急来雷暗滚，如听天泣驭长鲸。三公一日同鸾去，四海千山共泪鸣。易代名流频洗耳，几家硕墨肯峥嵘。徊风凄厉伤哉夜，无醉沉吟竟有情。

春去·谷雨

二〇二一年四月二十日晨

春去许知吾老矣，勤来山雨索春词。无情只得三盅酒，喟世堪殇一局棋。十步香飞牵白发，长歌醉罢绊新思。卸衣研笔书笺上，随意风流挂满枝。

暮春再赋玄都

二〇二一年四月十日晨

寂寞春风萦小院，玄都之绪久徘徊。常羞鸦辈争聒噪，岂见刘郎喜再来。俗嫉偏能惊老杜，群芳屡被碎青苔。百年心事三寻酒，抬眼蓬蒿闭眼唉。

二子

二〇二一年四月八日

寄望贤愚欣有抱，养教达智语勤询。多知妩媚征疏慢，临节不亏阮出尘。小栗机锋尤可喜，阿腾懒惰亦清醇。至今常羡东坡老，生子何求富贵邻。

清明节祭苏轼

二〇二一年四月四日晨

我爱苏翁轻九悔，身心漂泊任穷途。平生不佞升仙道，谪贬仍嘲媚佛儒。病客唯思寒雨醉，春山幸有恋花奴。江南走马逢君迹，最恨无缘座下徒。

观棋不语

二〇二一年三月二十七日晨

大发牢骚写句诗，诗心与愿共葳蕤。长歌无调邀人贺，感慨藏因笑我卑。黑话频吹灯焰死，负狂当拒友朋随。今番历尽千般怪，搔首封唇只看棋。

春事

二〇二一年三月八日晚

平云有意随山渺，万木封芽只待苞。晃眼杨花沾逝水，惊心人事语新嘲。玄都翌日风邀我，桃李无言雨在梢。且醉身前春袅袅，白堤拂柳戏青鸡。

过年读史札记

二〇二一年二月十五日初四

净几明窗添读趣，温茶宽褐吁香前。恨无翠袖分枯眼，偏借堆书鉴远贤。三豕平河青史误，杀人曾子罪讹传。杜陵羁客秋风怨，方信东坡不可怜。

新年

二〇二一年二月十日

去日梅香尚有情，枝头春意已新横。半冬悄过多愁语，一岁经营少悦声。满目青山依旧好，放怀沧海等闲鸣。诗思识我仍遒劲，不信东风不共盈。

年关与子

二〇二一年二月八日晨

与子同嬉春日暖，莺飞草长尚须时。未能免俗怀南阮，略有新芽蕴北枝。屈指虚行三万里，戏来夸口一行诗。畎川筑室尤为乐，千顷风波入我思。

野马如尘

二〇二一年二月二日晨

晨读梁文道先生书慨叹，其文曰『哲学原来还是无力的』，参何光顺先生庄子《逍遥游》解，不觉悲加矣，遂赋。

晨吁哲思神邈远，熹微几断阮郎音。楼观跌宕魂相绕，我趣形骸苦久侵。叹罢梁生无力语，恍徊庄子奋鹏心。北溟水击三千里，野马如尘落白襟。

辛丑古都初雪，庚子已过，盼辛丑否极泰来

二〇二一年一月十九日

今年风雪尤其润，衣上飘柔柳絮飞。暖手接花嫣若泪，行人仰脸喜如祈。天街不愧纷纷意，古刹深藏点点晖。舞罢前山音入耳，空中争告早春归。

邀雪

二〇二一年一月十四日晚

只言片语谈颓事，意懒心忪不欲闻。野望悲歌慷慨志，残灯朱幌怪诞文。惊鸣一等三千岁，醉啸才伤万里云。为饮新樽邀雪至，琴诗环坐有红裙。

疾寒飙

二〇二一年一月六日骤降温日

风急天高飞鸟绝，寒飙何惜免冠人。孟嘉斜立追青帽，王粲登临噤恨唇。休诧良禽都去也，许知彩凤不来因。生儿岂愿多嵇阮，行散疏狂一世嗔。

二〇二〇年

白洋淀·故乡·小琴令赋故乡遂口占

二〇二〇年十二月二十三日晚

半世京华虽在侧，谁堪老去忆儿童。湖波袅袅炊烟起，夕照沉沉罟网空。夜暗舟前无一火，风狂雨后会双虹。深情只合如惆怅，忘郁襟怀乞助雄。

望儿

二〇二〇年十二月十五日晚

痴烦尽日望儿明，识字知忧亦患情。绝俗何愁苏轼虑，风骚应许赵生鸣。轻雷漫响惊潮动，老翅长啼护子行。欲遣春神临乱世，山林先布万莺声。

步韵老杜《登高》

二〇二〇年十二月六日晨

天遣风云共助哀，庭前危坐望低回。百瓶红酒堪知味，万叶秋鸣并郁来。欲解达夫心下病，须登老杜寂寥台。夜听簌簌飘临雪，收拾文章续一杯。

赋心事致亦隐小友

二〇二〇年十一月十三日

眼底俗流充域内，略无奇响越秦殇。将身腾作云和雨，共子常为雪与霜。万里悲鸣驰海月，独从精卫画凄凉。才吟心事藏书柬，岩畔欣然有靓妆。

吾本无主何必名花赋

二〇二〇年十一月七日晨

黄草沾天寻入寂，新春总道梦不临。可怜身是秋风客，纵使才堪倚马吟。朔雪藏雷情已断，平原暮景郁难禁。从今心铁无偿愿，何碍樽前抚玉琴。

遵小琴嘱赋蒹葭

二〇二〇年十一月四日凌晨

蒹葭沾露漠秋湖，腻雪堆盐鸟入芦。昨夜风霜不胜谑，他时吹角了无图。随波纷补愁形去，登岸长怀寂寞呼。小放扁舟神淡淡，云山容得一清癯。

向晚与诸兄家中纵聊畅饮意犹未尽，不觉凌晨

二〇二〇年十月三十一日晨

未解余酲宿醉浓，常将聚饮释欣容。老饕纵语江湖味，屈指堪惊百感重。秋意环卮还自去，闲思入酒避人踪。好留奇夜偿吾辈，知己平生得几逢。

秋问

二〇二〇年十月二十二日

目睹斑斓觉惘然，秋杯一盏忆如缘。沉吟风下残荷倦，暗悔香销陌客怜。多病尝求天地醉，无情且作杜陵翩。家山万里存孤雁，道外之身可许禅。

秋读

二〇二〇年十月九日晚

熟知堪味等闲书，万卷灯前恨拮据。劫后人间千种侩，勃然兴起一时沮。瘦词聊借形骸悟，荒岁多从抑郁舒。皎皎之心不可泯，清风独许我乘舆。

问山货

二〇二〇年十月七日晚

岩尖荦确腿难行，拄杖逡巡问老耕。山货今年如意否，嘉禾来岁可能烹。村姑不解穷滋味，童幼垂涎爱枣羹。有米仓平无吏扰，长欢炊黍供高牲。

中秋国庆双节家中观雨

二〇二〇年十月一日节日

湿雨红榴云横处，楼前烟树乱鸦鸣。举头不见中秋月，闭耳犹聆鼓角旌。千载姮娥应厌否，一年萧瑟布平生。柴门已落无边叶，只撷金香悦羽觥。

秋意

二〇二〇年九月二十五日

耳畔秋风兼乱絮，悠悠来往每堪瞠。临流欲放牙琴抱，无雨欣从锦瑟行。吾与吾旋宁作我，心将心事寄为鸣。长吟似可邀人舞，寒月茕茕一味清。

二〇一九年

步韵杜工部《秋兴八首》

二〇一九年十月十一日

之一

秋鸦如阵啸青林，垂暮低云万象森。寂寂苍烟书咄事，层层黄叶掩轻阴。微声不敢吟儒雅，歌赋能藏抱恨心。安得繁花均有幸，无须夜夜数寒砧。

之二

我欲狂涎地角斜，危时纵峙佚箐华。迷霏袅袅匀溪谷，疾雨萧萧放海槎。自古稻粱无远策，而今云汉戍胡笳。天机人事蛛丝迹，草露勤生障眼花。

之三

自笑生平爱晚辉，而今白发识几微。一丘新雨催人老，十里长烟并鸟飞。路上轻言招虎詈，席间恨语惧时违。江湖有幸留山简，最喜莼鱼蕨菜肥。

之四

变幻江烟再弈棋，秦城萧瑟楚风悲。怀王有疾无遮日，宋玉分才废寝时。云雨巫山神女恙，鱼龙沸鼎识人迟。儒身尚可容豪笔，足矣青衿载秘思。

之五

昨宵我梦入西山，白水青岚四顾间。日色暗随天地转，雷音激荡野云关。千秋无尽书生气，百岁空谈志士颜。填海少年成一快，悲歌慷慨叱仙班。

之六

闭户扬声按白头，倚栏推酒致残秋。楼台灯下笙歌暗，院落人归晦月愁。不令呻吟怜促织，又觞天地老沙鸥。漫从文字编秦罪，虚掩沉思吊古州。

之七

织翠云芳遍帝功，蛮夷也在醉醺中。泱泱渤澥张汤网，飒飒金雕义纵风。掩面忍鸣争不戚，回车鼓勇近嫣红。招魂凭吊谁能挽，勿忘颓波一老翁。

注：张汤、义纵，均汉代名臣酷吏。

之八

雁行伤别长逶迤，云作横峦列美陂。天教深情离沃土，雪吹青鸟厌寒枝。烧残红蜡思不尽，劫冷香灰慰暖移。谢巷清霜亏晓月，轻歌只借素衣垂。

与君致红枫

二〇一九年四月二十日

与君聊话叹云浮，举世争污岂独仇。九斗八江三十变，千峰万涧亿洄流。登高莫劝勤回首，使醉休矜散诞羞。要借贪杯亲道友，青山且放入吾眸。

二〇一七年

秋兴八首

二〇一七年十月十一日

一

秋雨茸濛湿晚林，烟岚结网郁成森。渐看霜叶含风露，已觉闲愁欲返阴。冷落千峰溶晓月，卓然三叹落孤心。不愁春水香魂缈，西岭窗前聆夜砧。

二

杂木颓坡荒草斜，寒声乱解菊清华。温茶煮酒知天下，送雨推窗待海槎。望断秋风谁立雪？却疑天意爱胡笳。残宵能慰孤怀抱，晚月空明有泪花。

注：程门立雪，出自《宋史·杨时传》，有尊师重道潜心求学之意。胡笳：这里指胡儿蛮音。

三

秋夜谈诗如弈棋，卧看黄菊试离悲。寒鸦点点霜天下，暮雨重重晚照时。聊喜素心沽酒后，但知浪迹江湖迟。读书成卷崦嵫迫，独立苍茫有所思。

注：崦嵫迫，《离骚》：『望崦嵫而勿迫，恐鹈鴂之先鸣。路漫漫其修远兮，吾将上下而求索。』看见太阳落山了心里不要焦急，怕的是一年又去，报春的杜鹃又早早啼叫。

四

堂前石座落晴晖，红叶酣淋唱翠微。万里风云藏雁语，百年心事任霞飞。琴声呜咽三渊静，情话呢喃一世违。休道江山多怅惘，清溪只喜鳜鱼肥。

五

埋名寻道入寒山，雾结云横衰草间。秋气乍怜驱冻鸟，残光却慰述情关。声多乱耳听飞叶，老愈欣容喜粲颜。逝水出川今几岁？好收文字列仙班。

六

摘落黄花簪满头，银香红雪不知秋。云开已为山勤舞，雨浥堪摇影伴愁。短褐春衫偕晚梦，传杯把盏数青鸥。好风吹得波光净，岂令浮华遍九州。

七

古人育树冀全功，才气周罗帷幄中。楼外孤帆擎晓月，胸环异彩步罡风。江山信美岚烟醉，天地每奇春雨红。莫与前贤论曲误，云深水尽见蓑翁。

注：曲误，『曲有误，周郎顾』。三国周郎善曲，有众仕女为获周郎一笑，故意弹错乐曲以使周郎回头一顾。云深水尽，王维诗有：『行到水穷处，坐看云起时。』

八

松篁峋美自逶迤，我有青奴三百陂。欲得素秋千顷意，略匀黄菊一畦枝。江湖饱叹牛衣泣，文字堪驱沧浪移。俯仰歌谈枫叶老，落花庭院紫萦垂。

注：青奴，喻竹。

春事八首

二〇一七年四月十六日整理完毕

一 春酪

终朝春气浮灵树，淡紫丁香和梦摇。书箧坐拥轻醉夜，游云未定落寒宵。临风抱膝伤形骸，往事如棉卷絮飘。桃李满蹊多不语，花间羞向问妖娆。

二　春事

阳气淹分万物癫，登高四布花嫣然。谁云悲喜无因果，聊以山川借势传。望雨楼中思易惘，听音水上奏空弦。待凝秋气霜枫落，才信人间又一年。

三　春音

又见云移过曲柳，夜阑垂露晚丁香。推窗疑动流风影，扫院多伤月下霜。连日花前何忍对，几回花败更凄惶。南来燕雀频失语，便是清吟也算狂。

四　春夜

经年许醉是长安，灯火阑珊只影单。花语每愁人渐老，夜听还忌柳声残。不离风雨听秋鼓，何似月光随我冠。锦瑟从来失永巷，出门一笑解心宽。

五　春潮

柳丝牵动万峰潮，云作飞花绿作谣。一草平坡停远意，三春痴坐望兰桥。满川嘉木含风雨，漫水清音送笛箫。城市山林均有累，胸间丘壑任诗飘。

六　春雁

东风不解飞临意，清呖层云历北还。花枝一向清明后，身萎香泥伴悔颜。白雁三噙春雨冷，嘴衔芳草戏檐间。尽尝人世狼藉泪，按羽长吟甘守闲。

七　春灵

闲门杜客游长卷，席上风烟屡叹奇。众鸟藏山夕照远，晚晴留雨月堪迟。炊云袅袅萦音信，村落亭亭如弈棋。俯仰之间行万里，茶瓯又洗再填词。

八　春歌

遗落人间烟火河，浊流九派俗花多。云梯无路登仙道，入海扁舟更逆波。欲借残红铺雨径，却从浮月猎心魔。年来旬日豁门齿，犹自登高纵意歌。

词卷

二〇二三年

调笑令·自谑

二〇二三年十一月七日晚

晚与粤地某女公子闲聊，为缓解气氛，顺势自夸，惹其笑骂。赋调笑令一阕而谑。

该捶。该捶。这货没羞没愧。花间煮酒烹茶。忽然腆脸自夸。夸自。夸自。用意不辞心醉。

采桑子·冬晨

二〇二三年十一月十四日晨

五更起床，驱车跋涉。时零下七度。路上漆黑，无人无车。折返二百余里，累矣。想起唐人温庭筠《商山早行》：『鸡声茅店月，人迹板桥霜。』苏轼曾有《洗儿》诗云：『人皆养子望聪明，我被聪明误一生。惟愿孩儿愚且鲁，无灾无难到公卿。』

鸡声茅店无人迹，晨起霜桥。怜子清宵。我起之时星寂寥。
长街阒阒孤灯影，冷月残凋。裹紧夹袍。更鼓犹闻苏子嘲。

殢人娇·观画忽得句『墨色斑斓，尽是胸中块垒』遂敷衍成词

二〇二三年十一月十三日

墨色斑斓，尽是胸中块垒。更那堪、人间太累。山花都谢，落雪如飘翅。犹短句、点点与心轻碎。

思也惘然，情堪止水。揉醉眼、淋漓瀚字。画中之意，太拟心中悔。悲一路、自言自语如祭。

附虹晨友评：晏殊的原句『玉树微凉，渐觉银河影转』已让人悲凉不已。读到『墨色斑斓，尽是胸中块垒』，实在让人痛心到窒息……

点绛唇·午后小歇

二〇二三年十一月二十一日

心寂神亏，真惭久郁书斋坐。空天唱和。刹那徊因果。

点遍风流，旧梦依然锁。心勘破。湖山今作。白发苍颜过。

如梦令·少女

二〇二三年十一月四日晨

豆蔻年华经雨。嘴掩诗书笑语。莺鸟聚江南，蝴蝶追人轻舞。少女。少女。惹得周郎频顾。

调笑令·赋菊败不落枝

二〇二三年十一月一日晨

何必。何必。如此紧张胆怵。菊黄时节安魂。络绎不绝忆人。人忆。人忆。也曾挺头不默。

安公子·秋日私语

二〇二三年十月三十日晚

黄叶频频落。去年我尚轻然诺。要共秋风巡万里，水色山光邈。山无恙、停樽厌看江湖恶。瓯已缺、欲纵情横槊。却不如归去，痴看残花踟躇。

万里伤心壑。谁言诗客能无谔。试想一生几两履？劝人不如谑。一溪月、狂歌拍手东坡酌。无限事、都坐任他错。面向千峦雪，做个闲人绰绰。

梧叶儿·秋宵祭李

二〇二三年十月二十八日晨

寒声唳，心乱飘。过眼已残凋。愁王谢，猜象爻。惘清宵。天籁无声素缟。

夜行船·心羡

二〇二三年十月二十五日晨

两日来读小鹿教授寄来的诗集，不禁感慨。小鹿教授桃李满天下。先生爱酒豪放，跅弛不羁。有小恙亦思把盏。考古学术著作等身，却古体诗、近体诗笔耕不辍，家国之虑若草蛇灰线隐于其间。余读之每击节并感同身受。掩卷长思焉，记此。

心羡诗翁英荦。夜行船、老僧伸脚。谁能桃李遍江湖，十年灯、折冲古拓。

能使宽心因酒乐。江山丽、缓行如鹤。写诗千卷邀知己，却难疗、一胸丘壑。

注：《夜行船》出自明末张岱《夜航船》中的一个故事。昔有一僧人，与一士子同宿夜航船。士子高谈阔论，僧畏慑，拳足而寝。僧人听其语有破绽，乃曰：『请问相公，澹台灭明是一个人，两个人？』士子曰：『是两个人。』僧曰：『这等尧舜是一个人，两个人？』士子曰：『自然是一个人！』僧乃笑曰：『这等说起来，且待小僧伸伸脚。』余所记载，皆眼前极肤浅之事，吾辈聊且记取，但勿使僧人伸脚则亦已矣。故即命其名曰《夜航船》。

附小鹿教授步韵赐和《夜行船·话说『和诗无好句』，猎影牧文先生大词点贱字，不得不和》

二〇二三年十月二十六日

磷火七旬莹荦。挤破船，舸难行脚。徐徐吟步洞庭湖，碣照灯，倩谁椎拓。
余岁呼卢顽虎乐。佳人丽，已然纵鹤。丑陋下酒娱自己，百病疗，勉填沟壑。

如梦令·晨醒看关善祥临去视频叹

二〇二三年十月二十四日晨

曾也高歌平步。挥斥方遒如怒。窃喜这棋牌，尚可公平下注。全误。全误。竟忘庙堂丑恶。

附小鹿教授步韵赐和《如梦令·步猎影牧文词家同题》

二〇二三年十月二十四日

不料仓皇移步。世道横斜堪怒。公子打完牌，苦酒且斟且注。谁误，谁误。痛恨混淆善恶。

江城子·重阳节唱和金城文君兄

二〇二三年十月二十三日重阳

重阳节至拟登高。叶萧萧。意飘飘。昔与诸君、把酒共长宵。不减风流争恣趣，佳人笑，太狂骄。

擎杯大笑洒青袍。弱儿曹。岂同庥。白首忘机、君与我堪豪。此间应多欣我辈，相牵挽，共离骚。

附李文君兄原玉《江城子·敬美酒，献香茶》

飞越海角落天涯。散身架。伤骨胯。仰面浮云。似见羊皮筏。只叹人生如逆旅。强笑脸。洗醉虾。

节值重阳看菊花。擢白发。奏胡笳。临窗扶栏。何处流咿呀？遥念亲朋望茱萸。敬美酒。献香茶。

调笑令·戏谑

二〇二三年十月二十一日晨

依然妙语：『我们就是不爱跟文明人做朋友。』

疯口。疯口。谁敢露头上凑。偷情尚许缠绵。出声全靠苟全。全苟。全苟。花旦小生净丑。

东坡引·天云山茶

二〇二三年十月十一日晨

信阳樊成之兄晨索诗，诱我以天云山牡丹茶，并言山主母女貌美如仙，求诗一首便可寄我试品，敢不从命。

天云山雨后。姑射冰肌袖。茶风过岭馋馨嗅。偷生容一诱。

三瓯醉矣，琴心试凑。应嫉我、涵香手。正秋意遍红邀友。常能同饮否？

步蟾宫·与海港等诸兄欲约醉

二〇二三年九月二十七日晚

心思由任秋风乱。巷弄角、斜晖迎面。漫余晴、浸于那茶香，抚手处、写催诗柬。

想天涯似凋零遍。有白首、更情无怨。却惭颜，林下客，语多愁，约酒醉，喜从狂狷。

如梦令·语言破

二〇二三年九月二十六日晨

言窒意驰无我。顷刻秋山音破。一路入空寥，万古无休虚锁。因果。因果。侘寂之间犹座。

虞美人·待中秋有情

二〇二三年九月二十四日中秋前

有情几度中秋月。忆有佳人悦。算诗人惘负当年。相识恍如梦境、裂心弦。
一樽酒罢无尘泪。夜颂东坡酹。叹琼楼玉宇笙歌。今夕欲同卿共、舞婆娑。

踏莎行·秋风乱

二〇二三年八月二十五日晨

两耳不闻，十年荒诞。乐从真率心狂狷。凄然多向酒边藏，秋风秋雨秋声换。
落叶金黄，兰亭梦晚。抚今怀昔疏篱叹。秋山一醉喜倾谈，噙香能共茶烟篆。

盐角儿·雨日酬雨燕儿

二〇二三年七月三十日晨雨

频分两地。梦中两地。思喃喃惴。凭窗夜雨，凭窗夜想，意绵绵汇。
雨酣窗，心酣醉，堂前燕叮咛欣慰。别离后，东坡几度，愁去去江南袂。

捣练子·步韵唱和亦隐女史

二〇二三年七月二十八日晨

风雨骤，忆秦淮。弦歌暖语宿香街。落桐花，盈手偕。
心襄襄，浪形骸。屡从潋滟悟情差。不成歌，奈老怀。

附亦隐女史原玉《捣练子》

二〇二三年七月二十七日

灯影处，忆秦淮。缓归车马过斜街。便重游，谁与偕。
歌长啸，放形骸。人间不易觅闲差，却何似，旧情怀。

天净沙·叹儿

二〇二三年七月十二日晨

入伏第一场雨，暑气略消。痴儿暑期集训，自己发誓手机放家不玩，却偷偷拿走。今早发现，不觉气郁。

苍然苦笑为难。雨来添郁无欢。
转眼秋风不远。痴儿尚懒。恨无灵识欣颜。

拂霓裳·咏旗装致友

二〇二三年七月六日晨

一身香。咏芙蕖出水衣裳。南山翠，雨轻霏不忍癫狂。归来须缓缓，陌上遇情长。换新妆。曲临风、邀旧日时光。

人前俏丽，心独忍、却情殇。歌此日，抿朱唇酒晕端庄。暗香疏影处，月色落身旁。舞旗装。缓罗衫、苏子敬三觞。

阮郎归·晨郁

二〇二三年七月二日

谈诗心许坐晨宵。残星个个消。江南恐有客同遥。可怜一样凋。

思不尽，郁堪嘲。流云朵朵飘。听音散帙把新醪。他时谁此寥。

附小鹿教授赐和：《阮郎归·步韵猎影牧文》　二〇二三年七月二日由中山去深圳

稍携残梦忆中宵，牢骚道上消。几尝粤海路途遥，雄心落落凋。

将酒尽，漫相嘲。倦看长袖飘。轻车胃泛尽陈醪，前方迎寂寥。

小重山·端午日携眷入山寻幽，晚归逢夕阳壮丽而赋

二〇二三年六月二十三日晨

沉郁随风霞满岚。知机愁不断、忌言惭。三杯虚指去云喃。何如伴、酾酒与高谈。

凝意审青衫。多时狂不醒、叹心憨。夕阳晚照有人耽。无尽意、陌上采花簪。

定风波·次韵苏东坡《莫听穿林打叶声》

二〇二三年六月十七日晨

情在江湖伴雨声。迷蒙断续不能行。若有诗才堪倚马。不怕。勤开樽酒慰平生。

几度沧桑残梦醒。心冷。风流最解乱花迎。要记昔时风雨处。常去。春山许是又新晴。

柳梢青·徐步

二〇二三年六月十六日晨

徐步山人。修枝扫叶，自若无嗔。夜有余馨，雨声湿乱，绿蚁香痕。

榴花也似红裙，摇曳处、飘然出尘。朝饮清茶，闲翻一卷，心下缤纷。

定风波·与友闲谈兼讽时代名士

二〇二三年六月十日

戴月临风谈笑亭。时时玩味供心凝。不借枯荣嘲四季。山翠。提壶唤影鸟回应。
孤鹜落霞都去了。聒噪。沉吟山谷想娉婷。寸寸深思因她乱。娇倩。如妖裙带吸馋睛。

调笑令·长笑

二〇二三年六月四日

长笑。长笑。惭愧事都胡闹。屠龙掌故三千。镜中窥看泪酸。
酸泪。酸泪。看去竟全块垒。

忆少年·贺六一儿童节

二〇二三年六月一日晨

昔曾顽劣，昔曾气盛，昔曾年少。青春比狂放，笑廉颇争傲。
少壮哪能不厌老。西风路、纵骑狂俏。江湖十年雨，叹形如龙矫。

钗头凤·晨见闽南水脉友书隽语同感而赋

二〇二三年五月三十一日晨

谁知夜。忧思罢。等闲难得卿相喏。天涯翅。无声酹。夏月才圆，远山新翠。寄。寄。寄。

灯前写。知音话。向来才气多能借。心无悔。意还肆。如曾联翩，许猜孤诣。慰。慰。慰。

少年游·感君谊中学三少年三重奏坂本龙一曲目

二〇二三年五月二十七日晨

凌风年少欲离尘。曲动汇氤氲。心参妙趣，弦飞两忘，鸣凤翼缤纷。

纶音哪管惊四座，驭意注心醇。自备春风，岂须叹惋，池小卧龙鳞。

调笑令·嘲蓝猫

二〇二三年五月二十四日晨

吾家蓝猫离家数日始知回家。一身狼狈，疲惫不堪，骨瘦如柴。曾经一门心思离家出走，如今凄惨得臊眉耷眼，观之又恨又怜，遂赋而嘲之。

狼狈。狼狈。心比天高无悔。不辞夜半春心。睥睨曾经啸吟。

吟啸。吟啸。这回还敢再傲？

海棠春·昨晚私宴吟

二〇二三年五月二十三日晨

画堂酾酒言真性。交莫逆、高谈品茗。红袖浣花声，得意兰茎请。

酒浇块垒不能静。几索醉、青瞳猛瞪。不敢太贪杯，只恐挼花警。

注：1. 浣花，指女主人在我们喝酒的时候，正在侍弄盆花。

2. 挼花，挼，揉碎的意思。唐无名氏有《菩萨蛮》曰：『牡丹含露真珠颗，美人折向庭前过。含笑问檀郎，花强妾貌强？檀郎故相恼，须道花枝好。一向发娇嗔，碎挼花打人。』

此词在唐文宗朝还有一故事：某日，文宗闲坐，殿下忽报，街市有女发怒用棍棒把老公胳膊打折了。文宗莞尔一笑曰：『此非揉碎花打人？』

行香子·小满日之思

二〇二三年五月二十一日

谈笑林间，总怯娉婷。此身许是一浮萍。悠来去往，趺坐山亭。去思常在，悲常切，意常矜。

凉风满树，孤云落照，响千年谁共临听。无非感慨，生死飘零。纳心中乱，书中圣，眼中情。

鹧鸪天·次韵金陵小鹿教授《鹧鸪天·过华山，匆匆为其留影》

二〇二三年五月十五日

细雨茫茫沥远山。蓦然搁笔万千看。虚怀敢以罗天地，好句不辞修万难。展望眼，是长安。沉霾蛰雾秽无言。嵇康岂屑登徒子，钟会终惭炉灶边。

思远人·送若芝友去美国探女

二〇二三年五月七日晚

知汝优游同万里，珍重别情谊。借天空海阔，波涛汹涌，平往日心累。一程好景依依视。此去若忧矣。记得写信来，说平常事，天涯也不废。

蓦山溪·人生有限

二〇二三年四月十八日晨

人生有限，读史知三事。思过往云烟，功业立、僭神之始。稔知人智，说什么行知，朝怨三，暮换四，便是新鲜戏。自欺自誉，狂悖惊人世。权重藐神明，再回首、群氓如蚁。悠悠衡宇，谁稍见波澜？一抔土，便皇陵，亦是尘埃地。

柳梢青・暂且

二〇二三年四月十三日晨

未死斯心。应和春雨，步入青林。藏郁心间，经年块垒，胡乱披襟。
良多眷恋孤斟。歌已逝、唯余雨音。暂且偷欢，朦胧山色，似忘当今。

凭阑人・梦

二〇二三年三月三十日

放浪春岚驾玉光。青鸟灵槎如梦行。
须行明月旁。遇云鬟淡妆。

柳初新・感苏轼《定风波・莫听穿林打叶声》而赋

二〇二三年三月二十五日

莫惊二月芳菲恣。忽觉梦、风流祭。疏枝窗外，桃花猛嗅，却万种牵肠累。颇怪平生刚毅。远芳菲、如今都悔。
拊掌吟哦笑尔。坐空山、群莺啼翠。我方心醉，天魔谑舞，谁可供嫣然视。打叶声、何妨吾辈。且徐行、从来无畏。

鹊桥仙·春思

二〇二三年三月十七日晨

春云弥散，轻晖淡草。乍暖还寒如诉。桃花执拗漫天边，全不管、游人心妒。
东风吹散，忧思白发，燕子双栖烟树。恨春风不顾人情，更自遣、杏花飞舞。

醉红妆·情思

二〇二三年三月八日晨

情思缱绻向春风。越流连，越动容。劝君休忆去年踪。桃花树，为谁红。
风尘中醉是由衷。武昌柳，送归鸿。已是杨花飞过瞳。悲不尽，去匆匆。

忆秦娥·忽感

二〇二三年二月二十三日晨

平生傲。先生意向无人到。无人到。胸中丘壑，醉来长啸。
早知唯有三春妙。年年不变山花俏。山花俏。行人渐老，都曾年少。

武陵春·有鸟

二〇二三年二月二十二日晨

有鸟鸣林啼有意，远意在烟岚。已是闲声何惧酣。春趣岂应惭。
十涧梨花无俗色，清浅漫山岩。略有生涯醉目眈。勿念别离函。

鹧鸪天·阴雨天喜得银茶壶急忙试茶

二〇二三年二月十八日晨

寒雨堂前银注光，一盅茶暖煨心凉。舒眉止郁三杯后，举盏闻香一种忙。
尝嘘叹，岂愁伤。晨风有意奏吾腔。此情苟自鱼知乐，并不邀人共与狂。

调笑令·以手加额贺神兽终于开学

二〇二三年二月十二日晨

神兽。神兽。网课三旬频吼。折磨老子成愁。玩心没完事羞。
羞事。羞事。吆喝不休如戏。

清平乐·晨聊

二〇二三年二月十一日

一灯灭暗。一智愚顽斩。百转柔肠心可鉴。题句空余凡念。
人去嗟叹情眸。不知谁上新愁。仿佛春花向我，屡屡浅笑焉求？

巫山一段云·春思

二〇二三年二月八日晨

渐老情思淡，春行古树旁。两三声婉转悠扬。心动检行囊。
南去西湖雪化。北上风云叱咤。诗书半卷酒三杯。闲听细雨霏。

生查子·元夕

二〇二三年二月五日元宵节

收拾旧衣裳，嗟叹新年客。明月下流连，灯火阑珊默。
满饮祝春风，遍使桃花逸。情侣尽团圆，人间无锋镝。

定风波·春渐至，世事日益烦心，静久而思动矣

二〇二三年一月三十一日

休问风波恶几时。家山却叹万歧危。总向天边研休咎。如咒。凭栏情篆并残晖。
坐久心期如雁字。长唳。独行愿此阅天涯。一路春风携好酒。逢友。畅怀傲啸肆无规。

青商怨·空谷幽兰

二〇二三年一月二十八日晚

友问一古曲名，吾听罢，似是《静夜思》，遂奉。而后又听数遍不禁感怀。

霜天鸿雁无眠夜。不屑恭大雅。浪放秦淮，艳歌难俱舍。
心头底事不赦。静夜思、瑶琴轮话。玉指红裳，深情年少野。

风流子·办年货

二〇二三年一月十六日晚

风劲透衣寒战。街上无人乱窜。思往岁，正年关，到处笙歌美眷。
嫌乱。嫌乱。怎料如今都散。

夜行船·又忆江南

二〇二三年一月十一日

犹记那些年癖。暖歌行、绿云香逸。江南风湿雨含烟，春草软、出门寻迹。
诗酒生涯沿岸客。苏杭语、费人猜测。雇个篷船泊晚巷，遇评弹、夜阑如惑。

蝶恋花·元旦

二〇二三年一月一日晚

郁在悠悠山与水。百味千年，戎祀多儿戏。意尽灯微心不死。讥嘲堂上无青翠。
多少浮云均往矣。散锦空廊，说也凄然止。幸有香颜能共醉。分茶荑软绸衣袂。

二〇二二年

钗头凤

二〇二二年十二月二十日晨

有人填词只看字数，对却毫无格律音韵，不觉气闷。一诺劝可填一《钗头凤》教若等辈如何填词。吾言诺。

无情世。心长酹。看风云向千峰逝。春无悔。驰无畏。倚马诗情，一蓑山翠。醉。醉。醉。

胸中势。常能恃。举杯拈笔从容睨。嵇康辈。老伶痞。陶令文章，子瞻芒履。愧。愧。愧。

虞美人·初冬即景赠依然女史

二〇二二年十一月十日晨

小庭步绕淋冬雨。几处黄楸树。已无叶落只清吟。碾作新泥若玉、一层金。

老鸦断木衔风舞。筑室藏冬薯。预知风雪已森森。怎怨无枝可倚、去来今。

卜算子·咏菊

二〇二二年十一月五日晨

步韵陆游《咏梅》，晨见若芝叹孤独的舞者孤独的歌者而感。

篱畔菊丛黄，寂寞开无主。心事谁知与叶飞，一晌风和雨。

我独傲霜枝，不屑群芳妒。地老天荒可鉴身，只为深情故。

阮郎归·也赋江南谣戏唱和亦隐

二〇二二年十月三十日晚

关山摇落欲登临。白云遮目忱。悠悠碧水逝层林。遥思岫玉簪。

江南好，醉中吟。高秋望断心。偏知桂树正垂金。花香微染襟。

朝中措·勿矜已逝

二〇二二年十月二十五日晚

残秋久视两相衰。怀古尽千杯。历历苍凉在目，醉醒不敢徘徊。

勿矜已逝，有情且赋，或忘枭鸱。万马齐喑可恸，山岚沐我斜晖。

三字令·与若芝谈儿女致学事哽无语

二〇二二年十月二十一日晚

天已晚，更秋寒。心落寂，意无欢。凄恻恻，语含咽。望儿辈，能有志，历山川。
歌暖响，遇良媛。山漠漠，水湍湍。休再唱，杜陵冤。从此后，千古事，不凄然。

踏莎行·衰心

二〇二二年十月十二日晨

寂寞深秋，萧然古往。从前错怪青春浪。天晴一笑放吾心，身边落叶依依状。
一夜寒风，百年跌宕。抚弦聊以簪花赏。性情本益在斜阳，三壶浊酒歌高亢。

醉花间·次韵周小鹿教授《汤山东湖丽岛看望老友，调寄醉花间》

二〇二二年九月二十八日夜

人知否。汝知否。来往轮回世。相语是情缘，太半书生痞。
神龛如儿戏。江湖多糗事。秋风过眼看，只说疏狂涕。

望远行（柳永体）·木斯塘十年志

二〇二二年九月二十六日晨

溪山怅远，十年事、回首不经惆怅。酒醒多回，客梦三更，似见冠缨小党。跋扈飞扬，长歌跃马，得意疾驰，横空击掌。万里行、多是离天尺三丈。

豪爽。风劲雕弓行状。共折冲、当仁不让。迈堂入室，志在须臾，已得老兵深赏。十年嘉木风烟，江湖散发，青眼鸿霓心畅。愿来年应再，系行囊壮。

雨中花令

二〇二二年九月十六日晨

昨日携友驱车进山，一路芳菲，至晚尽欢而归，记此。

秋色满川笑语。万顷风情烟树。陌陌飞英肠欲断，更有游行女。

总是诗心多感处，绣裙乱、共山花舞。且任我、纵长歌放酒，好似无忧赋。

踏莎行·好友欢聚又得宿醉

二〇二二年九月十四日晨

宿醉频仍，秋寒甚乃。真狂君岂常无奈。残宵信有未眠人，轻霜晓月聆天籁。

曙色横空，青鸦无赖。繁花弃我朱颜败。当时只笑世无常，不防尚有无知债。

西江月·今日有云反苏轼《水调歌头》意赋中秋月

二〇二二年九月九日中秋

云掩月明万里，人徊诗意千寻。琼楼玉宇问苏襟。随我婵娟梦谶？
眼下人间烟火，悲歌切莫长吟。多情只恐更伤心。不若驭风无禁。

虞美人·又中秋

二〇二二年九月八日中秋前夜

如今不愿吟圆月。圆月谁家物？停弦止曲浸山堂。总是鼎彝香乱、却如霜。
残荷雨后心能悦。孤笛音清澈。一声曾与共柔肠。使我伤怀贪醉、愈加觞。

秋风清·昨晚烂醉记

二〇二二年九月五日

当颓时。兄弟宜。酒满休停饮，擎来流水杯。谁能少醉无痴念，得钱只愿扶瓶吹。

忆秦娥·秦女

二〇二二年八月三十日晚

兰亭雨。星眸寄望秋云渡。秋云渡。悠然俏立，有人心妒。
欲携西子亭前舞，却惭白发簪花误。簪花误。嫣然回首，红裳烟树。

朝中措·秋思

二〇二二年八月三十日晨

悦秋声陌上芳菲。可缓缓而归。偏爱栀香一朵，前襟掩映裙衣。

一回烟雨，寻常草树，几处香篱。秋叶莺啼千载，应知尚有人痴。

画堂春·观舞

二〇二二年八月二十八日晚

本来浮世别离多。长廊暮雨轻歌。嗅香襟舞瘦婆娑。疑是嫦娥。

怜惜芙蓉出水，此时罗袂如荷。清眸两点醉秋河。乱了东坡。

诉衷肠令·秋风

二〇二二年八月二十六日晨

西风起处菊花黄。酒味今秋浓。凭栏入眼莲败，对视两沧浪。

持画扇，越心凉。向红装。卿休笑我，不减疯癫，看似无良。

长相思·秋郁　二〇二二年八月二十六日晚

盼秋风。怕秋风。秋雨缠绵心已濛。飘残雨亦红。
情无踪。恨填胸。谁道登楼可解容？寒鸦啼满空。

采桑子·步韵唱和周（晓陆）教授《南京》词浇心中块垒　二〇二二年八月十四日

心寒未可驱炎暑，汗雨如汤。不止神狂。笑傲深知潜祸殃。
近来自觉不容物，卷叶凄凉。蝉语声长。有感其音戚若霜。

霜天晓角·无尽意　二〇二二年八月十二日晨

如何免醉？借缕山谷气。吟咏经年悲喜，不及那、心止水。
小憩。听雁唳。百般思无寐。岑寂嗟兮铺纸，空悬腕、无尽意。

踏莎行·立秋后第一场秋雨

二〇二二年八月九日

秋雨绵绵，池台处处。林泉不羡笙歌舞。有书有酒复何求，窗前溽暑藏烟树。
眼下娉婷，胸中诗赋。一腔心事因何误。曾经意气藐层云，如今只为伤怀故。

最高楼·听音

二〇二二年八月三日晚

人寂寂，㮚栝弄残章。耳畔醉柔腔。此书生欲存清气，融谐音浅笑霓裳。傅山炉，香一缕，月悬窗。
曲中韵、自矜闻不语。似秋雁、伥南归独旅。意无尽、暗神伤。吟诗不厌伤怀事，听琴有泪袖边藏。任清风，吹古帙，乱翻墙。

婆罗门引·叹庄生一梦题献英子女士

二〇二二年八月一日晨

庄生一梦，残歌疏雨正萧萧。多情料也含嘲。便是明朝愁煞，踞坐任人嚣。算风流如我，一一青袍。

愿持此骄。几万里、任波涛。不用思量过往，杯满新醪。青鸿一去，拭两泪、又是秋风邀。无情岁、倩舞如飘。

水调歌头·苦夏

二〇二二年七月二十五日

长夏最堪苦，漫漫郁无边。举樽常日不语，何以解心宽。小坐荷花行馆。只觉身心懒散。殷望却无欢。病此楚狂志，携雨趣灵幡。古今恨，须拍遍，玉阑干。可怜亦是，愁里残梦泪如涟。经见长安罹乱。历劫山河皆怨。此恨有谁鞭。莫信灵昀醒，不忿伍胥冤。

东坡引·入伏

二〇二二年七月十六日

醒三竿暑热。梦魇如穿蝶。喧轰日晒谁同咽。枕书无所惬。枕书无所惬。庭空鸟散，敲盆一别。对风吟诗为清澈。须愁断送枯心乞。斯人徒郁郁。斯人徒郁郁。

阮郎归·晨起惊梦

二〇二二年七月五日晨

渐宽衣带悔当初。少年事可嘘。青春一路少危途。虫鱼一介儒。
借浩荡，肆狂呼。山河万里途。烟波去去郁眉舒。情逢天地殊。

苏幕遮·看雨

二〇二二年七月四日

乱鸦飞，寒雨湿。少有心情，依旧云山逸。欲赋繁华心悱恻。眼后铜驼，绿锈斑斓迹。
且随心，仍纵癖。湖海平生，醉入无情忆。戏问青山能有策。带我新亭，嘲弄从龙客。

卜算子·端午

二〇二二年六月二日

屈子怀沙时，愤懑无人识。凄断离骚述平生，独醒昏鸣侧。
且尽楚天狂，休慨单车寂。岂以穷途望都门？最是颓唐客。

浪淘沙令·叹此日

二〇二二年五月四日晨

五四又新篇。百岁青年。飞扬慷慨一时欢。恰似春闺思远客，碎梦如烟。
故国似飞鸢。颠倒风悬。春花去了复狂癫。左不过空悲哽涩，遗恨山川。

采桑子·春游京北红螺寺

二〇二二年五月三日晨

驱车能共春风舞，滴翠山林。滴翠山林。与子嬉游、乘兴复沉吟。
桃红照眼千竿竹，竦立千寻。竦立千寻。汗雨成流、最喜敞开襟。

凤凰台上·春逝

二〇二二年四月十九日晨

春逝残花，恼人飞絮，筑巢凡鸟频多。莺百啭、君应一释，亿万心魔。匀作铺天细雨，遮望眼、纵泪婆娑。伤情处，青葱远树，忆最偏颇。
幽居养愚之地，休怪我、冷眉冷眼呵呵。识我者、犹能谓我，意似嵯峨。信有千年古井，蛙一跳、响彻心波。不消说、樱花两岸长河。

朝中措·举杯

二〇二二年四月六日

举杯自劝爱春时。独坐赏芳菲。世事吁嗟如此，莫吟行路难辞。
嵇康打铁，步兵狂荡，烂醉裈衣。攘臂对风咄咄，全然不顾人讥。

小重山·清夜迷离

二〇二二年三月三十一日晚

清夜迷离避世尘。庭花才一树、正氤氲。折花聊借一枝春。无人寄、花趁满头银。
已是老纶巾。恨芳菲太少、啸声频。溪山有趣向吾询。桃花后、君可与谁邻？

江城子·赋昨夜春雨

二〇二二年三月三十日晨雨

山岚有雨太朦胧。慨心胸。拭残容。怕见鹧鸪、羡尔蔑虚空。捡处高枝鸣不已，和细雨，历清风。
几曾挥袖唤归鸿。乱云重。去无穷。试罢春衫、带起一溪风。多少桃花飞雨后，人若醉，续情衷。

踏莎行·春夜读

二〇二二年三月二十四日晨

灯暗残宵，乌鸣霏雨。一杯茶暖除千虑。春居斜倚夜无眠，凡思无隙侵书趣。览卷驰音，欣听好赋。散求能止江湖怒。多情谁可似春风，敲窗恨拟三更鼓。

渔歌子·春思

二〇二二年三月三日晚

一遇新鸣弃忧思。欲学苏子指天涯。青竹杖，老山妻。春花不妨落满衣。

拂霓裳·今日雨水

二〇二二年二月十九日雨水节气

欲推窗。看春风十里新妆。桓温手，抚轻黄喟叹无常。细雨梅花日，老苏浊酒觞。白衣裳。两声歌、长笑葬心狂。情犹未死，试撷取、淡芬芳。谁似我，正晨晖点缀清凉。梨花飘两侧，归雁去三行。备行囊。染新衣、须借野花香。

梅花引·题泊雅女士梨花坞书院

二〇二二年二月十六日晚

春风乱。梨花溅。蓝溪环绕三亩院。开新樽。识红裙。五柜书香，蓁首数家珍。
应能邀我游书馆。溪畔桃花香米饭。茶三巡。酒三巡。蛾眉如黛，莫笑客人勤。

小重山·抑郁

二〇二二年二月九日晨

春雨藏雷快意风。贴云旗乱展、裂千峰。吹箫击鼓郁埋胸。次第恨、化雨洗天虹。
思量泪含瞳。家山频瞩目、奈何忡。疏狂须放我如疯。不忍望、年月正飘蓬。

定风波

二〇二二年二月一日

虎年初一香港莲（花海）老命我或诗或词以志新年，吾遵嘱戏撰一首。

虎啸山林竹笛鞍。清蔬麦黍醉偕欢。醉里不知心外变。犹叹。去年今日亦翩翩。
极目穿云云似劝。应恋。江南尚有信梅观。莲老爱诗多命篆。狂狷。香江更喜旧衣冠。

声声慢·青藏旅归兰州

二〇二二年一月十四日晨于兰州银峰酒店

长河随步，山陵如卷，心期未减多情。惘然冰云寒暮，迤志孤征。俯仰无须如我，几度疑、常累微鸣。左按谱、右高吟宫角，心旅藏清。

感慨如麻含愧，老烟波、时时跌宕无宁。大漠孤烟仍直，落日能听。霞蔚云蒸万里，更峥嵘、矫首兢兢。算唯有、阮狂人乖僻，放诞携鹰。

二〇二一年

踏莎行·搔首金城

二〇二一年十二月二十八日晨于兰州

搔首金城，漫行堤岸。长河去日东流叹。游思塞外最飘零，今非昨是凭栏遍。
酒遇缠绵，歌扶缱绻。悲欢未减声声慢。星星白发酒如川，春风易老风流变。

风流子·堪笑

二〇二一年十二月十三日

甘守心田皎皎。却得蛙声频闹。秋已去，更无宁，继以神鸦聒噪。
堪笑。堪笑。误把颓风当俏。

风入松·今日风狂

二〇二一年十一月三十日晨

风狂吹散一时愁，却更心囚。尝嗟造物多儿戏。人行处、败叶残秋。今日凄凄万里，情迷意乱难求。

恐寒鸦聒噪神州。度日如阄。黍离如此思归处。山河默、客路悠悠。必有好春时节，怎能朔雪无休。

行香子·喜阅

二〇二一年十一月二十六日晚

最怕挑书，湘帙云编。爱博总恨意难专。转廊勤索，持卷无欢。怕窥无门，寻无术，愧无颜。

曩时有幸，欣然允助，抱膝兰亭慰心宽。红颜广袖，妙意轻传。阅好诗句，携诗趣，入诗山。

青玉案·贺妻十一月十五日寿诞　二〇二一年十一月十五日

相偕执手清晖梦。叹青发、秋烟送。莫笑书生无岁俸。人间无奈，江湖沉重。难倚危栏颂。

关心膝下娇儿恸。不屑长安出奇用。舒卷无心凭雨弄。褐衣扰扰，酒兵千奉。乐府清音共。

丑奴儿·步韵辛弃疾《书博山道中壁》　二〇二一年十一月九日晨

秋风一试粘天叶，吹入层楼。吹入层楼，满目多情忌语愁。

欲言四度三回止，却不能休。却不能休，有客狂歌揽尽秋。

巫山一段云·秋夜寒　二〇二一年十月十六日晚

秋夜愁凉枕，空烦被不温。窗前明月总来频。暖酒倾一樽。

怎奈灯前没个，燕语莺声衣袂。惘然自醉效迁人。墙梅几度询。

水调歌头·中秋日用老苏『人有悲欢离合，月有阴晴圆缺』句

二〇二一年九月二十一日中秋节

极目长云碧，瑟瑟满清都。风摧烟柳，吹蓬蒿败叶微躯。几处莲荷剩雨，已去三声归雁，不忍按长嘘。羡老苏含醉，正拟问青蜍。宋时秋，今日舞，老酒徒。醉邀明月，共此日不胜嗟予。人有悲欢离合，月有阴晴圆缺，一曲酒千壶。黄叶满天下，秋色不能辜。

霜天晓角·赋秋意寄江南依然妹

二〇二一年八月二十四日晨

晨曦满卷。一念秋思远。万里江山如画，勤拭目、南飞雁。

呜咽。凭泪眼。寄杜陵心撰。一曲离骚旧序，情不泯、仍狂狷。

点绛唇·明日西藏行欲早睡却失眠自嘲

二〇二一年七月二十四日晚

欲睡无眠，行囊备好神情奕。旅怀如溢。跃跃天涯客。

趁酒年华，谁道人无癖。欣然立。快哉如释。暗喜浮生策。

青玉案·劝人　二〇二一年七月九日

行修小径灵云渡。断不舍、诸般苦。十里荷香心共雨。悠悠神会，零星烟树。堪笑浮云误。

道非身外何求诉。斯世谁能忍轻龉。耽想耽思仍乱绪。禅吟乍入，一声江雾。非趣非非趣。

八声甘州·独立长亭　二〇二一年七月十七日晨

叹风情易逝误年华，朱颜渐辞行。最凄凉无语，朝霞成忆，独立长亭。无悔少年青涩，岂惧万人睛。只慰胸中事，藐倚虚荣。

眼底横流去日，却风烟磨面，尽入峥嵘。憾悠然过往，冷淡下棋枰。雨熹微、成何欢意，坐无名、四顾唱浮萍。须容我、樽前已忘，落寞人情。

行香子·白日梦　二〇二一年六月三十日

梦觉繁华，顾影风前。烟霞亘古共翩跹。山河容醉，一线飞鸢。问谁能随，语能共，志能全。

眉头暂放，不争毫末，七天都酿酒千泉。琼浆玉液，挂满前川。忘少年怨，青年恨，老年癫。

如梦令·如窒　二〇二一年六月十三日晨

百岁山川苦涩。万里残烟人迹。都若个匆匆，却敢秋风哭泣。独寂。独寂。论起须知如窒。

如梦令·点数　二〇二一年六月十三日

欲在雨中起舞。过往飘零逆旅。哗笑我轻狂，书读五车有误。徐步。徐步。点数一溪蛙鼓。

定风波·常忍

二〇二一年六月二日晨阴

阴日平廊独自痴。孤花单叶顾优姿。诗似约能平抑郁。踯躅。与谁好句共徘徊。

早尽壮怀歌一曲。无欲。也无风雨也无奇。不屑浓香争烈馥。抚腹。就中常忍语多讥。

喝火令·心鸣

二〇二一年五月二十七日

簌簌窗前竹，纷纷雨后馨。悉知轻雨助深情。诗也共人孤愤，何必忍高声。

夜过东坡醉，晨辞戴子行。浩歌须借酒三觥。但忘衰弛。但忘寄飞英。但忘古今愁绪。且使护心鸣。

减字雨中花令·疾雨

二〇二一年五月十八日晚

傍晚一重疾雨，断了绿�无数。抄手昂头淋湿后，胸次难平怒。

雨渐倾盆雷电怖。似嘲我、也惊无语。拂乱发清狂暗讨，遣个嫣然舞。

点绛唇·水脉女　二〇二一年五月十六日晚

笑语噙兰，早充鲁殿灵光客。灯前古籍。倩影柔荑侧。
亲历五湖，问道江南驿。云水脉。枕流漱石。俏笑春山默。

定风波·心囚　二〇二一年五月十七日晚

眼角含酸泪欲流。平添感慨释心囚。安得浪游江南路。独旅。一肩风雨任孤舟。
懊悔新诗常自苦。应悟。情思多是挂闲愁。心死堪忧仍有诉。无惧。江湖本是一身游。

孤馆深沉·又见　二〇二一年五月七日

风光旖旎忆芳菲。凭细雨霏霏。只记得春光，笑指一行，青燕斜飞。
映笑靥、软荑曾握，又见恨萋迷。白头了，亦如湖水，却能沧海天涯。

减字临江仙·却惊

二〇二一年四月二十三日晨

孤客和书看雨，石阶轻雨虚烟。青侵双膝裹毛毡。每风情自叹，谁为我藏嫣。

聊喜素心无欲，花间正好翩跹。却惊如梦醒难眠。霓裳犹自舞，浪迹许同年。

调笑令·柳絮

二〇二一年四月十九日

春去。春去。不及匆匆一叙。莫嫌柳雪如霜。无酒无花絮狂。

狂絮。狂絮。追我门前倾诉。

江城子·辛丑四月十五日沙尘暴

二〇二一年四月十五日晚

黄沙席卷漫天英。怀心惊。满城声。感慨原非，惚恍借天刑。呼啸哭歌人瑟瑟，天有恨，地难平。

愁心难抚沙尘腥。郁填膺。共谁听。搔首狂澜，太息不能行。愧未情肠枯似铁，应不负，一生鸣。

卜算子·自嘲口占晨寄吾兄

二〇二一年四月一日

疏狂误我生，半醉江湖客。书箧三箱衣少幅，不作豪门嫉。弹指半生鸣，堪笑人间剧。就算残阳重来过，不用情才惑。

满庭芳·思量

二〇二一年三月二十二日

犹是初春，往来官柳，有丝多少柔肠。系兰舟处，晨露湿衣裳。归去听携笑语，急相问、能共轻狂？应惆怅，心怀万里，此后任兴亡。行囊。书五卷，清音几许，山月如霜。未减风流愿，红袖匀香。不用思量古往，问谁遣、四月芬芳。春山暮，斜晖几度，停我小松冈。

梅花引·春怀

二〇二一年三月六日晨

半愁绪。涵烟树。岚山一带霜晨睹。两行鸿。一湖风。多情立马，唯此忘虚空。人言冬去春无恶。须恨参差悄然布。花间踪。叹欣容。能复今日？梨雪三万重。

任春雨。向我舞。古人未必都无妒。岁匆匆。谑山翁。无计淹留，白雁数声穹。
预知花谢惭无助。也要天真同漫步。兴冲冲。醉蒙蒙。如未断肠，不许我诗穷。

定风波·今日一喜

二〇二一年二月九日晚

阔别近三十年的同学西山老钱忽来相认，却能赋词，遂唱和一首《定风波》。

黑发同窗离后声。悠悠卅载动关情。一别不知君何在。无奈。忽然相见似新朋。
遥想当年应感慨。多彩。酣嬉春日醉轰鸣。只道青春能不懈。忒快。西山风雪满身停。

霜天晓角·在家过年

二〇二一年二月十日

家家新酒。红字垂户牖。烹炒煎炸忙碌，揉盆面、择葱韭。
醪酎。偷独嗅。时向小儿吼。打狗扒墙上树，再胡闹、一顿揍。

喝火令·见亦隐填此词牌，见猎心喜遂唱和一首

二〇二一年一月三十日晚

若那残阳意，应怜落魄身。昔年心事最难询。多在晓风残月，萧瑟立清晨。未减风流韵，频伤抑郁魂。料多情梦里殷勤。不为红颜，不为醉佳人。不为艳歌余响，只恨堕红尘。

青玉案·欣与聆何光顺老师高论赋此

二〇二一年一月二十七日晚

世间公案阴阳错。尽伴与、诼言乐。万里云烟轻薄谑。怆然落魄。犹然落魄。争趣常为谔。谓堪智术凌空廓。片言语、能帷幄。猛志益专精作著。何由岑寞。何由寂寞。独醒人无荦。

满庭芳·与兵兄嫂等挚友欢聚忆旧赋

二〇二一年一月二十五日晨醉醒

老酒三斤，都门畅饮，坐谈纵古论今。樽前信美，燔肉助加斟。得意纷纷醉话，筹不断、海味山禽。缺壶啸，壮怀犹见，词气纵横吟。想当年我等，青春年少，踏遍山林。行千里，吴钩锦带诗心。云海不求吾是，即便错、亦是情深。欢不尽，美人在侧，笑语更天音。

点绛唇·岁暮

二〇二一年一月十一日晚

芦荻残红，天涯岁暮长归雁。随风缱绻。落日篱花乱。

堪笑当年，常被情缘怨。太狂狷。多风月伴。白发才痴恋。

二〇二〇年

卜算子·夜静独酒

二〇二〇年十二月二十六日晚

夜静月无声，一梦千年郁。惭愧伤怀到酒边，恰似擎风菊。

低唱换浮名，明日归山麓。白发诗书觑何用？却惧娇儿哭。

浣溪沙·醉眠

二〇二〇年十二月二十五日晨

寒瓦披霜苦竹邻，孤灯悬夜欲谈文。先温鄗醁慢生醺。

无恨有情迎白晓，封笺揽袖瞩红裙。醉眠恐被误三春。

浣溪沙·赋雪夜涮羊肉唱和诸友

二〇二〇年十二月十三日晚

火炭铜锅小尾羊，频斟热酒倚轩窗。只愁夜雪不猖狂。

拍案长歌拼一醉，举杯颔首谢群芳。参差素裹看红装。

南乡一剪梅·戏赋铜豌豆不服老答友

二〇二〇年十二月十日

吾与老关卿。怎肯闲愁枉负情。次第风流携玉袖，欣与娉婷。欲与娉婷。
南吕一枝樱。白鹤空山带晚馨。雨霁云长能悦目，应待盈盈。心待盈盈。

东坡引·无端被尊称前辈

二〇二〇年十二月七日晚

骚人长自笑。无端被情恼。江湖走遍人如草。春风谁与俏。春风谁与俏。
新颜谓我，应是华貌。怎见我、苍然老。还能纵酒中宵傲。谈诗仍矫矫。谈诗仍矫矫。

渔家傲·昨夜

二〇二〇年十一月二十七日晨

昨夜之心惊梦处。风烟淡淡江南路。手捻微香吟诵苦。情无数。天涯愁断人将暮。
落叶随风知几许。桐花万里知谁去。久恨人间都是误。梁园住。挑帘看雨凝脂露。

东坡引·惘然

二〇二〇年十一月二十五日晨

可怜冬已至。千山默如祭。人间况味堪谁谓。早知皆入戏。早知皆入戏。
落霞万点梦。惘然寻醉。莫独醒、随风徙。菊黄尚且枝头碎。心应如止水。心应如止水。

沁园春·初雪

二〇二〇年十一月二十一日

静立中庭，垂目听音，暗捋心思。看初冬新雪，飘飘洒洒，石栏玉砌，默与霏霏。天衬颓黄，轻歌曼舞，贪恋枯枝披雪奇。云如墨，尽雪泥鸿爪，人亦徘徊。
一山一水能诗。须借我、有书有酒杯。叹无人能解，中年才过，琼英染发，心有余祈。宴罢笙歌，秋风已错，满目萧然满目疑。一生事，更惭言以对，银粟如痴。

画堂春·佛手

二〇二〇年十一月十八日晨

几枚佛手卧桌齐，明黄淡趣香肌。雨声清供小窗扉。归去来辞。
几缕香氤独绕，一卮岫玉茶杯。坠红残叶入诗题。落寂谁陪。

清平乐·冬日雾霾

二〇二〇年十一月十六日

雾霾千悒。郁郁无双客。避尽人情心独默。诗卷残章沉笔。
秋去莫念江湖。煮酒招友围炉。山白任他风雪，把臂狂吼孙驴。

醉花阴·填《近重阳》答小琴命赋

二〇二〇年十月十四日晚

终日痴坐堆书案。怔忪凝茶篆。高兴两三杯，牵挂秋烟，贪想重阳伴。
喜无俗客争狂狷。倚马黄昏羡。醉里扮刘伶，扛把茱萸，未免登高盼。

钗头凤·也说潇洒答友

二〇二〇年十月十三日晚

茶涛泻。秋声哑。且将余醉匀琴话。黄菊社。乌衣榭。小试心弦，蓦然山野。罢。罢。罢。
黄昏惹。无名诧。隔溪霜叶轮番谢。青灯夜。韭黄话。才知人生，最难潇洒。怕。怕。怕。

注：韭黄话，杜甫为酬友有句：『夜雨剪春韭，新炊间黄粱。』

鹧鸪天·秋意

二〇二〇年十月十一日

五次三番欲罢愁。谁知秋意愈缠头。山翁须共千杯酒，小阮不离左右筹。
青白眼，醉翁喉。长歌一曲更无求。天涯有日难寻我，从此苍凉俱上楼。

注：山翁，魏晋时人山涛。小阮，阮籍的侄子阮咸。

醉花阴·笑人

二〇二〇年十月十一日晚

风过我心轻留迹。曾是秋声客。方信业无穷，怎可深期，万事随缘释。
若非一怒江湖逸。岂敢逍遥癖。因此笑人痴，误解东坡，不恨江南驿。

渔家傲·情累

二〇二〇年十一月十日晚

九月秋风犹风尾。繁华已尽心方悔。酃醁为谁新买醉。情太累。惆怅难恨芳华逝。
抑郁无言如有愧。常思能与风流会。川上师徒惊激水。空洒泪。一江风月横相对。

眼儿媚·赋心囚酬友

二〇二〇年十一月七日晚

黄叶残秋几番愁，携汝独登楼。夕阳无语，流年少驻，万代心囚。
绝痴心绪难平意，不愿抑歌喉。忘形胸次，星星白发，笑比卿柔。

沁园春·晚有所思

二〇二〇年十月四日晚

恹卧寒秋，落叶长安，短褐有痴。却清宵独语，子猷造次，剡溪乘兴，兴罢而归。胸次谁言，才情误我，花自飘零雨自霏。纷如梦，便风情不减，掩镜徘徊。
牙琴久绝音希。略识我、西山一布衣。更晓吹短发，风烟万顷，酒逢欢处，无是无非。欲道藏忧，长亭别宴，几度青阑红影微。平生愿，且随它兴废，只作沉思。

水龙吟·霜秋一念

二〇二〇年九月三十日晨

霜秋已至催人老，心念天涯荒草。迎风侘寂，身前身左，须臾枯槁。弹指春秋，夕归谁怨，纷纷残照。纵乱目含情，伤心岁月，敢相弃、凭人道。

已惯烟波浩渺。减风流、小姑再醮。沉云绕水，料多情梦，醒来又恼。素面戚容，山花都去，再无轻袅。待君来置酒，酡颜如玉，慰平生祷。

东坡引·秋日忧儿

二〇二〇年九月二十七日

忍秋光渐老。苍头憾年少。霜风扑面云祈祷。勿凭枫叶好。勿凭枫叶好。

不如不识字，一生无恼。任叶落，云沾帽。旷怀自恃明昏晓。身闲心浩渺。身闲心浩渺。

行香子·任天昏

二〇二〇年九月二十二日晚

雨意缤纷。凭落花陈。梦如秋、忧喜仍频。许多心事，不解殷询。忌平生恨，呻吟病，恶凡人。

桂香入醉，情恨难分。去江南、做个芳邻。若朝江岸，细雨红裙。对三行鹭，尝抱膝，任天昏。

二〇一九年

踏莎行·今日重阳

二〇一九年十月七日重阳节

九九时逢，重阳又至，城中百木频红泪。登高兄弟再遥呼，千年几次能同醉。
菊淡如匀，人情不昧，粘天秋水争归矣。乃知沧海孕遗珠，陈香呼酒知无愧。

鹊桥仙·惜春

二〇一九年四月十九日

微风淡雨，轻烟垂柳，已送东风大半。还惊残叶缀鹅黄，木若此、桓温也叹。
几株玉蕊，半畦新紫，须记春华易倦。此心唯愿更无情，为不惑、红颜一粲。

摸鱼儿·嗅丁香

二〇一九年四月十五日晨

嗅丁香、信灵盈雪，才沾青雨回梦。忍梨花共分春色，千瓣瑞芳新诵。心意共，苍莽绪、料深情惘然如痛。曾应万种，任回首柔肠，风流不减，疑月色萦空。无声玉，风月一溪清供，多如银汉相送。危弦漫水歌余响。试问横空如讽。身自恐，更白发、无情风物千番弄。休言皆梦。正细雨春茶，且将诗酒，莫许夜如笼。

注：笼，在这里读『拢』，上声。

浪淘沙令·叹魏源

二〇一九年三月二十六日

挣魇上危楼，残月如钩，嘲听大地尽挥愁。东日西沉春梦去，有醉方休。举手谢风流，不问悠悠，百年陈迹再回眸，一壑一丘都不老，何处芳洲。

词三曲，拜读并试题王春义先生《牧文诗草》新刊

水调歌头

漫道寒漆夜，尚暖驿灯红。蓟燕词赋，有君慷慨起狂风。屈杜苏辛能继，奇白深黄好问，不怨本朝空。掩卷我长叹，举首恋飞鸿。

字句炼，哲理探，一时雄。陈钟未毁，仅录时代付佯疯。荆棘当涂凭啸，黄鸟沉渊抗命，何止痛西沣。竹楮诚易朽，光彩寄青铜。

大江东去

太行呈韵，试情怀一展，几撼西岳。豪杰而今吟唱地，可揭傩家帷幄。紫苑残苔，海池新腻，忍供闲人乐。江山如帜，壮词驱尔猎猎。

且把鬼哭淹留，熨平文字，坦臂佳人濯。眉画忽成英杰事，也换朱唇吹角。插翅巡天，剖肝润地，未惧春风恶。满盛觥爵，醉飞衔卷如鹤。

木兰花慢

尽英雄本色，醉银汉，抱长庚。有亭戟温侯，迎乔甘露，龙尾温馨。闻莺，莫辞鹣柳，纵罗衾绣袜伴春酲。尝罢寻常真爱，挑红照影燕檠。

辞冰，又看草青。曾艳冶，递芳龄。倦怠深，玉匣熏笼再理，舌递香凝。成缨，鬓鬟同织，拭心头脂粉付箫笙。辞了人间万事，梳缡同驾长鲸。

周晓陆　二〇二三年三八节于秦汉杜地唐宣义坊